KB062445

**로크미디어**가
유혹하는
재미있는 세상

ROK
MEDIA
로크미디어

# 이것이 법이다

# 이것이 법이다 89

2020년 6월 11일 초판 1쇄 인쇄
2020년 6월 16일 초판 1쇄 발행

**지은이** 자카예프
**발행인** 이종주

**총괄** 김정수
**경영 지원** 배진경 임혜솔 송지유

**기획** 이기헌 왕소현 박경무
**책임 편집** 최전경

**발행처** (주)로크미디어
**출판등록** 2003년 3월 24일
**주소** 서울시 마포구 성암로 330 DMC첨단산업센터 3층 318호, 319호
Tel (02)3273-5135 **편집** 070-7863-8592 Fax (02)3273-5134
**홈페이지** rokmedia.com  E-mail rokmedia@empas.com

값 8,000원

ISBN 979-11-354-5673-2 (89권)
ISBN 979-11-255-9575-5 04810 (세트)

# 이것이 법이다

**89**

자카예프 장편소설

ROK
MEDIA
로크미디어

이 소설은 픽션입니다.
등장하는 인물 및 지명 등은 현실과 연관이 없습니다.
또한 소설 내에 나오는 법이나 법리 해석의 경우에도 대
중문학의 극적 전개를 위하여 일부분 과장되거나 변형된
것이 존재하니 실제 법과 혼동하지 않으시길 바랍니다.

# CONTENTS

인간 사냥꾼

"인간 사냥꾼?"

"그래, 공식적으로는 한국에서 발견된 적이 없는 스타일의 범죄자야."

물론 공식적이라는 말의 함정은, 비공식적으로는 있을 수도 있다는 거다.

"그런데 그걸 경찰이 감춘다고?"

오광훈은 이해가 가지 않았다.

척 들어 봐도 그 인간 사냥꾼이 뭔지는 알 수 있었다.

세상에는 일종의 도시 괴담 형태로 들리는 이야기가 있으니까.

사람을 데려다가 그를 사냥하면서 즐기는 인간들. 아니,

괴물들.

"미국에서는 그런 인간 사냥꾼이 발각된 사례가 몇 번 있어."

노형진이 인간 사냥꾼을 이야기하는 가장 큰 이유가 바로 그거다.

미국에서 발견되었는데 한국에는 존재하지 말라는 법은 없기 때문이다.

"실제로 일본에서도 그런 일이 있었던 모양이고."

인간 사냥꾼들은 보통의 살인범들과 다르다.

보통 살인범은 원한이나 복수, 아니면 이득이 목적이지만 이 미친놈들은 그런 게 없다.

그냥 살인을 하고 싶어서 한다.

묻지 마 살인도 아니다.

철저하게 계획을 짜서 움직이기에, 경찰이 인식하는 것도 추적하는 것도 쉽지 않다.

"얼핏 보면 재미형 연쇄살인범하고도 다르거든."

연쇄살인범 중에서 최악은 살인에서 즐거움을 찾는 스타일이다.

그런데 이런 놈들은 그런 것과도 다르다.

"이들이 추구하는 즐거움은 살인 자체의 즐거움이 아니야. 스릴이지."

"스릴?"

"그래, 상대방을 추적하면서 잡아 가는 스릴."

그래서 그들은 집요하고 끈질기다.

또한 사람을 미치게 만든다.

표적을 천천히 말려 죽이면서, 거기서 즐거움을 찾는다.

"으음……."

노형진의 말에 오광훈은 머리를 절레절레 흔들었다.

"하긴, 세상에는 미친놈이 많지. 사람을 죽인 건 아니지만 걸핏하면 두들겨 패던 놈은 봤으니까."

"그래?"

"그래, 미친놈이었지."

재벌가의 3세였는데, 술만 취하면 사람에게 야구방망이를 휘두르는 안 좋은 버릇이 있었다.

몇 번 신고가 들어갔지만 대부분 집안의 힘으로 무마되었다.

"죽을 때까지 그 버릇 못 고치더라."

"죽었냐?"

"안 그랬으면 내가 벌써 감방에 넣었겠지."

이 미친놈이 계속 사고를 치니까 미국으로 도피성 유학을 보냈는데, 거기서 술 처먹고 또 그 개 같은 버릇이 튀어나온 것이다.

"한국 같으면 문제 안 됐겠지."

하지만 한국이 아니었고, 그가 두들겨 팬 놈들이 하필이면 레드탱글이라는 그 지역의 갱단이었다.

"다음 날 납치되어서 살해당했어. 시체를 알아볼 수 없을 정도였다고 그러더라고. 온몸에 뼈가 멀쩡한 곳이 없었다더라. 그냥 죽인 것도 아니고 죽을 때까지 뼈를 하나씩 부러트렸대. 손가락과 발가락부터 자르기 시작해서 말이지."

"단순히 때렸다고 그 정도까지 하지는 않을 텐데?"

"듣기로는 싸움이 난 이유가 그 미친놈이 여자한테 찝쩍거려서라던데? 그런데 그 여자가 그 갱단의 보스 딸이었나 봐."

"쯧쯧."

노형진은 혀를 끌끌 찼다. 결국 자업자득이었으니까.

미국에서 갱단은 재벌의 힘이 미치지 않는 영역이다.

게다가 그 정도의 살인을 하는 갱단이면 무서울 게 없는 대형 갱단이라는 뜻인데, 그런 곳의 보스의 딸을 건드렸으니.

"범인은 결국 못 잡았겠네."

"그럴걸. 의심은 가지만 명확한 증거가 없었으니까."

레드탱클이 한 건 맞지만 그들 중에서 누가 명령했고 또 누가 실제로 움직였는지는 알 방법이 없다.

그걸 알기 위해서는 보스를 잡아야 하는데, 자신들에게 아무런 영향력도 없는 한국의 재벌을 위해 그 지역 경찰이 목숨을 걸 리가 없다.

"넌 미국도 안 가 봤잖아. 그런데 용케 안다?"

"아오, 말도 마라. 우리 나와바리, 아니 지역 관리하는 술집에서 그 새끼만 뜨면 난리도 아니었다."

그런데 어느 순간 안 보여서 알아본 것이다.

"그런데 살인이라. 뭐, 미친놈투성이인 세상이니 그럴 수도 있지. 그런데 경찰은 뭐야? 왜 그걸 사고로 덮으려고 하는 거야?"

"덮으려고 하는 건 아닌데, 음…… 덮는 걸로 보일 수도 있겠네."

"뭔 소리야?"

"인간 사냥꾼의 일반적인 이미지 때문이야."

"인간 사냥꾼의 일반적인 이미지?"

"그래."

인간 사냥은 세상의 재미란 재미는 다 보고 지겨워져 버린 재벌이나 부자가 인간들을 대상으로 벌이는 범죄라는 이미지가 강하다.

유명한 살인범이 그런 스타일인 데다가, 그 사건에 영감을 받아서 만들어진 영화나 드라마가 많기 때문이다.

"그런데 현실은 좀 다르거든."

노형진이 아는 미국의 사건을 보면 그런 식으로 미친 건 돈하고 상관없다.

돈이 없어도 인간 사냥을 하는 놈도 있다.

미국은 총기 소지 자유국이기 때문이다.

실제로 미국의 인간 사냥꾼 중에는 일용직 노동자인 자도 있다.

그들은 스트레스를 다른 사람을 사냥하면서 푼 것뿐이다.

즉, 미친놈은 미친놈일 뿐이라는 의미다.

"경찰이 보니까 부자일 가능성이 높아서, 알아서 보호한다 그거야?"

"그럴 리가 있냐. 아무리 경찰이 썩었어도 그 정도는 아니다. 범인이 특정도 안 되어 있잖아. 물론 특정되었을 때 부자라면 이야기가 좀 달라지겠지만."

"그러면?"

"정치적 문제야."

"정치적 문제?"

"내가 왜 이미지 이야기를 했겠냐? 그 이미지를 가지고 있는 사람들은 경찰이 아니야. 일반적인 시민들이지."

그 사건에 대한, 일반적인 사람들의 이미지.

그게 부자의 가난한 사람 사냥이다.

그런데 이번 사건이 딱 그런 거다.

"여기서 문제는, 경찰이 그들의 신분을 모른다는 거야."

전혀 엉뚱한 놈일 수도 있지만, 사람들의 생각 그대로일 수도 있다.

"그런데 그런 상황에서 경찰이 범인을 못 잡아 봐. 무슨 소리가 나오겠냐?"

"아, 욕을 바가지로 처먹겠네."

사람들은 사건의 이미지가 있으니 경찰이 범인이 부자라서 비호해 준다고 물어뜯기 시작할 테고, 경찰은 아니라고 하겠지만 상당히 곤혹스러울 수밖에 없다.

"정치적으로 보면 엄청난 부담이거든. 문제는, 이런 사건은 추적하는 게 쉽지 않다는 거야."

인간 사냥꾼을 잡는 건 다른 사건과 다르다.

일단 여죄를 추적하는 게 쉽지 않다.

일반적인 연쇄살인범들은 시신을 일정한 곳에 묻는데 이들은 아니다.

사냥이 끝나면 가장 가까운 데 묻는다.

애초에 사냥이 벌어지는 장소 자체가 깊숙한 숲이기 때문에 문제가 될 것도 없다.

"이번 사건도 멧돼지가 아니었으면 영영 못 찾았을 거야."

멧돼지가 시신의 냄새를 맡고는 땅을 파서 드러난 거지, 그렇지 않았다면 사건은 드러나지 않았을 것이다.

"그래서 사건을 추적하는 게 힘들어."

"으음."

"더군다나 피해자들의 신분이 특정되지 않았다는 것이 문제야."

누가 실종되었는지 알 수 없고, 또 얼마나 죽었는지도 알 수 없다.

그렇다 보니 비밀 수사는 꿈도 못 꿔서 결국은 공개수사 형태를 취해야 하는데, 그러면 이런 타입은 바로 잠수를 탄다.

"강박적 살인이 아니라 말 그대로 재미를 위한 살인이야.

네가 재미 삼아 오락을 한다 치자. 그런데 회사 일이 너무 바쁘면 못 하게 되잖아."

"그건 그렇지."

"그러니까 공개수사로 돌리면 그 범인이 잠수를 탈 테니 잡기 힘들어지거든."

"쉽게 말해서 잡기는 해야 하는데 잡기 힘드니까 일단은 비공개로 수사하겠다?"

"그래."

그런 상황에서 사건 전반에 대해 다 알고 있는 채로 사건 자체를 가지고 온 새론과 노형진은 상당히 부담스러운 존재다.

"어이가 없네."

오광훈은 혀를 끌끌 찼다. 욕을 먹기 싫어서 수사를 하지 않는다니.

"어쩔 수 없어. 경찰이라는 조직이 변질된 건 오래된 일이 잖아."

살인범 열 명을 잡는 것보다 인터넷에 자기 미담 올리는 게 승진에 더 유리한 조직이 되어 버린 경찰.

오죽하면 자기들끼리 미담을 조작해서 올리는 지경까지 왔다.

대표적인 예가 '강도 잡는 여경 보셨어요?' 사건.

애초에 경찰의 업무는 강도 잡는 거다.

그건 남경이고 여경이고 다를 바 하나 없는 고유의 업무

영역이다.

그런데 여경을 승진 대상으로 삼기 위해 홍보를 한답시고 강도 잡는 여경 운운한 것이다.

그리고 사람들은 그걸 제대로 비꼬았다.

'요리하는 요리사 보셨어요?'

'노래하는 가수 보셨어요?'

'불 끄는 소방관 보셨어요?'

'진료하는 의사 보셨어요?'

이런 식으로.

물론 경찰은 슬그머니 해당 홍보를 내려 버렸다.

"뭔 뜻인지 알겠다. 범인을 못 잡는다고 해도, 조직의 이름에 먹칠하는 건 용납 못 한다는 거구나."

"그래. 아마 우리를 빼고 수사하려고 하겠지."

그래야 사건이 잘못되어도 어떻게든 무마할 수 있을 테니까.

"만일 해결이 잘되면 우리는 쏙 빼고 이야기하겠지."

자신들이 사건을 인지하고 해결한 것처럼 말이다.

"와, 씁! 짭새 새끼들, 일을 그따위로 하냐?"

"그러니까 우리가 사건을 해결해야지."

그들이 수사를 시작하기는 하겠지만 시간이 오래 걸릴 것이다.

쉬쉬하면서 조사할 테니까.

"그리고 이번 사건에는 분명 부자가 끼어 있을 거야."

"아까는 아니라며?"

"아니라고는 안 했다."

노형진은 한숨을 쉬며 머리를 흔들었다.

"이미지가 그렇다는 거고, 실제로는 돈과 상관없이 미친 새끼들이라고 했지."

"그러면 이번 사건은 부자의 짓거리라고 생각한 이유가 뭐야?"

"총."

"뭐? 총?"

"그래, 총. 피해자는 산탄총을 맞았어. 군용은 아니고 엽총이라고 하지만 말이지."

"그게 왜?"

"모든 총기류는 경찰이 보관하게 되어 있거든. 아직도 모르냐?"

모든 총기는 중요 부품을 경찰이 보관하도록 되어 있다.

그래서 사냥 허가철에 허가를 받아서 총기를 불출해서 쓴다.

엽총을 이용한 살인 사건은 그런 시기에 경찰을 속여서 불출받아 쓴 경우가 많다.

총포상에서는 허가증이 없으면 절대 총을 팔지 않기 때문이다.

"그런데 피해자는 산탄총에 맞았어."

"그거랑 이번 일이 무슨 관계가 있어?"

"살인하는 놈이 산탄총을 허가받아서 들고 다니겠냐?"

당연히 불법적으로 들고 다닐 것이다.

그리고 한국은 총기 소지가 금지된 국가.

즉, 어지간한 돈이 아니면 무기를 손에 넣지 못한다는 소리다.

"더군다나 범인은 피해자에게 산탄을 쐈어. 그건 사람에게 고통은 줄 수 있지만 죽이지는 못해."

더군다나 맞은 위치 같은 걸 보면 상당히 근거리에서 쏜 거다.

"즉, 상대방이 고통에 몸부림치는 걸 보고 즐거워한 거지. 이 패턴은 그때 그 유명 사건과 똑같아."

부자들이 인간을 사냥한 패턴. 그 패턴과 너무나 똑같았다.

"더군다나 노숙자를 거기까지 데리고 가려면 어떻게 해야겠어?"

"부르지는 않았겠지."

이 경우 할 수 있는 것은 납치뿐이다.

노숙자가 미쳤다고 제 발로 거기까지 가지는 않을 테니까.

"그러면 최소한 3인 이상으로 이루어진 집단이라고 봐야 해."

그리고 그런 놈들이 노숙자'만' 노리지는 않았을 것이다.

노숙자'도' 노린 거겠지.

"내 생각에는 그 멤버들 중에서 최소한 한 명은 부자야. 아마도 나머지 인간들은 사냥개 같은 역할이겠지."

노형진은 그렇게 말하면서 턱을 문질렀다.

"내가 무슨 검사도 아니고 뭐 하는 짓거리인지 모르겠다."

"으흐흐, 실적 감사."

"쌍놈의 새끼."

오광훈의 말에 노형진은 살짝 눈을 찡그릴 수밖에 없었다.

노형진은 오광훈을 무시했지만 그래도 오광훈이 아예 무능한 인간인 것은 아니었다.

하긴, 아무리 폭력 집단이라고 해도 무능한 인간이 리더가 될 수는 없었을 테니까.

"내가 실종 기록을 찾아봤거든."

"그래서?"

"내가 범죄자 아니냐. 내가 그래서 그 새끼 머릿속이 어떻게 굴러갈지 생각해 봤거든."

"누구? 그 부자?"

"아니. 그놈 머릿속은 모르지, 내가 부자도 아닌데."

오광훈은 어깨를 으쓱했다.

하긴, 살아온 방식이 다르니까.

"하지만 내가 아래서 기어오른 놈 아니냐. 애들도 이끌어 봤고."

"그래서?"

"내가 애새끼들을 이끌 때 중요한 게 뭐였는지 알아?"

"뭔데?"

"돈하고 오입질이야."

"뭔 질?"

노형진은 눈을 살짝 찡그렸다.

그다지 좋은 말은 아니니까.

하지만 생각해 보면 오광훈의 말이 맞다.

폭력 조직은 일반적인 사회조직과 다르다. 그들은 다분히 공격적이고 선정적이며 말초적이다.

"조폭들 중에 비렁뱅이 새끼들이 많은 건 너도 알지?"

"알지."

특히 하위직은 그런 면이 있다.

"이도 저도 맘에 안 들면 그 새끼들은 확 쑤셔 버리는 스타일이란 말이지."

"그건 나도 알아."

"그런데 돈을 못 주잖아? 그러면 다른 걸 베풀어야 하는데, 그중 가장 만만한 게 바로 오입질이야."

"흠⋯⋯."

노형진은 반박하지 못했다.

틀린 말은 아니니까.

예로부터 미인계는 회유의 기본이었다.

'더군다나 그런 이유 때문에 대부분의 조폭은 룸살롱을 가

지고 있지.'

물론 없는 조직도 있지만, 그런 정도라면 진짜 영세한 조직이라는 뜻이다.

"하물며 위험도가 높아지면 그 대가는 더 줘야 하지."

돈이야 부자가 있다고 하면 문제가 안 될 테지만 다른 건 문제가 된다.

물론 평범한 사람들이라면 룸살롱 같은 곳을 가겠지만······.

"평범하지는 않겠지."

노형진은 오광훈이 뭔 이야기를 하는지 알 것 같았다.

정리되지 않은 이야기지만, 범죄자의 특성을 정확하게 알고 있는 오광훈이기에 가능한 추론이었다.

"그래서 내가 실종된 여자들에 대해 좀 알아봤지."

"으음······."

노형진은 입술을 깨물었다.

실종된 여성들.

"내가 범인이라면 말이지, 노숙자도 노숙자지만 여자들도 노릴 거야."

노숙자들은 주범의 즐거움을 위해서다.

하지만 그걸로는 공범들의 욕구를 풀어 주지 못한다.

그러면 다른 방법은 뭐가 있을까?

"이 미친놈들이 여자를 납치했을 거라는 거지? 네가 의외로 제대로 생각을 했네. 그 결과가 그다지 좋은 쪽은 아니어서 그렇지."

"실종의 결과가 좋기는 힘들잖아. 좋다면 오히려 그게 이상한 거지."

"그건 그런데⋯⋯."

"이거 봐 봐."

오광훈은 실종자 명단을 노형진에게 건넸다.

노형진은 그걸 보면서 입술을 깨물었다.

"10~20대 후반 여자들의 실종 내역이야."

어린 학생에서 막 졸업해서 사회로 나간 아가씨까지, 다수의 사진이 포함되어 있는 실종자 명단.

종이 위의 그녀들의 미소는 왠지 어색하면서도 지금의 비극적 상황과 맞아떨어지지 않았다.

"엿 같네, 진짜."

"그래, 엿 같지."

오광훈은 고개를 끄덕거리며 말했다.

"물론 이 안에 가출한 사람도 있을 거야."

"하지만 피해자가 있을 수도 있고. 생각 자체는 좋은데 특정하는 게 문제군."

사냥꾼 스타일의 연쇄살인범들은 주도면밀하다.

절대 걸리지 않게 조금씩 움직인다.

"당장 서울역에서 사라진 다섯 명 중에서 세 명은 찾았고."

경찰이 아무리 노형진을 배제하려고 해도 오광훈이 검사인 이상 그 자료에 접근하는 건 어려운 게 아니었다.

"한 명은 정신 차리고 집으로 들어갔고, 한 명은 행려병자 병원으로 들어갔고, 한 명은 교통사고로 사망이야."

즉, 실종자 다섯 명 중 산에서 시신으로 발견된 한 명을 제외하면 진짜 실종은 한 명뿐이라는 소리다.

"한 곳에서 다섯 명이나 납치할 리가 없지."

노형진은 명단을 보면서 말했다.

그러면 경찰이 의심을 할 수도 있으니 당연히 그들은 조심해서 움직였을 것이다.

"결과적으로 오해에서 시작된 사건이라는 건데……."

만일 박구호가 오해하지 않았다면 누구도 몰랐을 것이다.

'그리고 회귀 전에는 이런 게 전혀 없었지.'

그때는 박구호도 없었으니 당연히 이런 사건에 대한 제보도 없었을 테니까.

"일반 여성을 피해자로 삼았을 가능성도 분명 알겠어. 하지만 그게 범인을 특정하는 데 도움이 될까?"

일단은 가해자를 특정해야 하는데 정보가 너무 없다.

노형진의 예상대로 경찰은 아무런 성과도 내지 못하고 있었다.

엽총에는 강선이 없기 때문에 총기조차도 특정하지 못하고 있었다.

"그건 그런데……."

노형진은 물끄러미 피해자들의 사진을 바라보았다.

노숙자들은 그나마 특정할 수 없다지만 이 피해자들은 특정할 수 있다.

'하지만 특정하고 조사를 하는 순간 그들이 알아차리겠지.'

노형진은 그 문제에 대해 해결을 하지 못하고 그저 머리만 부여잡고 있었다.

"이거 자연이한테 물어보면 안 되나?"

"응? 자연이?"

"실종자 중 한 명이 자연이 학교 학생이더라고. 친한지 어떤지는 모르겠지만 만나서 이야기해 보면 뭐라도 정보가 나오지 않을까?"

노형진은 고개를 끄덕거렸다.

⚖

"주지아요?"

"그래. 너 아는 거 있니?"

"저는 잘 모르는데요. 그냥 안면이 있는 정도?"

"역시 그런가?"

노형진이 안타깝다는 표정이 되는 반면 오광훈은 상당히 부담스러운 얼굴이 되었다.

"그런데 왜 넓은 자리를 두고 여기에 앉아?"

"여기가 좋으니까요!"

"끄응."

"아저씨, 아저씨! 내가 얼마 전에 텔레비전에서 신상 냉장고를 봤는데……."

"뜬금없이 신상 냉장고는 왜?"

"신혼집에는 당연히 신상이 있어야…… 읍읍."

노형진은 눈을 부릅떴고, 오광훈은 잽싸게 그녀의 입을 막으면서 부정했다.

"설레발이야, 설레발! 진짜야! 손도 안 잡았어!"

"믿을 수가 있어야지."

"아, 쫌!"

두 사람이 투덕거리는 걸 보고 노형진이 살짝 웃자 백자연은 힘겹게 오광훈의 손을 떼어 내며 말을 이었다.

"아, 그러고 보니 알 만한 애가 있네요."

"그래?"

"네. 저는 그 실종되었다는 주지아에 대해서 잘 모르지만……."

하지만 주지아와 같은 중학교 출신인 친구가 백자연과 같은 반이라고 했다.

그래서 친하지는 않지만 주지아와 안면이라도 있었던 것이고.

"전화해서 한번 물어볼까요?"

"그래 줄래?"

노형진이 고개를 끄덕거리자 백자연은 바로 전화를 해서 물어봤다.

그리고 나가서 한참 통화를 하는 듯하더니 다시 안으로 들어왔다.

"소문으로는 남자 친구랑 같이 가출했다는데요."

"남자 친구? 남친이 있었어?"

"네? 아, 그런 소문이 있긴 했어요."

"그래?"

노형진은 머리를 긁적거렸다.

그건 그럴 수도 있기 마련이다.

'하긴, 공식적으로 경찰에는 가출로 처리되어 있지.'

오광훈이 머리를 굴려서 자료를 뽑아 오기는 했지만 경찰의 수사 기록상 주지아는 가출로 처리되어 있었다.

"혹시 남자 친구에 대해서는 아는 거 없고?"

"없다고 하더라고요. 남자 친구가 주변에 자기 이야기를 하는 걸 무척이나 싫어했다고. 거기에다 나이 차가 있으니까 주지아도 주변에 잘 말하지 않는 편이었대요."

"나이 차?"

"듣기로는 대학생이라던데요? 그렇잖아요. 철컹철컹."

"야, 왜 날 보면서 철컹철컹이라고 말하는데?"

'철컹철컹'이라고 말하는 순간 오광훈을 물끄러미 바라보는 백자연.

노형진 역시 오광훈을 바라보았다.

확실히 의심스러운 상황이다.

"물론 핑계일 수도 있지만."

"그러니까 그 부분에서 날 보지는 말라고."

"더 아는 건 없고?"

그 말에 백자연은 고개를 흔들었다.

"저도 말을 전하는 것뿐이라서요. 그 애도 그 이상은 모르는 것 같아요."

그녀가 아는 건 그 정도뿐이었다.

노형진은 턱을 스윽 문질렀다.

그와 오광훈이 추론한 것과 지금의 상황을 비교하면 묘하게 맞아떨어지는 부분이 있기 때문이다.

"왜, 뭐가 걸려?"

"대학생이라는 신분이 좀 걸려."

"그게 왜? 나이 차 때문에?"

"네 앞에서 나이 차를 논하는 건 의미가 없다만?"

"아, 쫌! 장난치지 말고!"

"뭐, 나이 차는 아니고, 내가 생각한 범인의 나이대와 남자 친구와의 나이대가 비슷하거든."

대학생이라면 스무 살에서 스물네 살 정도.

고등학생인 주지아와 실제로 크게 나이 차이가 나는 건 아니다. 하지만…….

"그런데 주지아와 사귀었다는 부분이 걸려."

주지아는 실종 당시 고등학생 신분이었으니 아무래도 성인인 대학생과 사귄다고 하면 주변 시선이 좋지는 않았을 것이다.

나이 차가 얼마 안 나도, 대학생과 고등학생은 성년과 미성년자라는 엄청난 갭이 있기 때문이다.

더군다나 고등학생은 수험생이라는 의미이니, 대부분 그 나이대에 이성을 사귀는 것을 부모들이 싫어한다.

당연하게도 부모에게 대학생과 사귄다는 소리를 할 수가 없는 나이다.

어른들이 보기에는 대학생과 고등학생의 갭은 어마어마하게 크기 때문이다.

당장 대학교 1학년과 고 3이 사귄다고 하면 고작 한 살 차이지만 주변에서 보면, 심한 사람은 아동 성범죄자 취급한다.

"그런데?"

"그거만큼 깔끔하게 상대방을 끌어낼 수 있는 방법이 있어?"

"아……."

남자 친구가 자신을 만나러 왔다는데 누군가를 데리고 갈 사람은 없다.

"더군다나 신분을 속이는 것도 쉽고."

이성 친구의 신분증을 까 보라고 하는 사람은 없다.

그러한 행동 자체가 상대방에게 믿음을 가지지 못했다는 의미이기 때문이다.

"그리고 그 대학생이라는 나이면, 나이를 속이기도 쉽거든. 꾸미는 거에 따라서 성인 느낌이 강해지니까. 그러니까 좀 연상도 만날 수 있지. 가령…… 실종된 아가씨들이라든가."

그러니 나이가 좀 있는 아가씨들을 만나는 것도 어려운 일은 아니고, 그들을 꼬셔 내는 것도 어렵지 않다.

"거기에다가 내가 분명 그 범인들 중에 부자가 있을 거라고 했잖아."

"그랬지."

"여자의 마음을 얻는 가장 좋은 방법이 뭐겠어?"

"역시 선물 공세지."

아무리 상대방 남성에게 호감이 없었다고 해도 상대방이 지극정성으로 매달리는데 재력까지 되는 사람이라면, 조금이나마 관심을 가지게 될 가능성이 크다.

"진짜 사귀는 사이가 아니더라도 상관없지."

소위 말하는 썸을 타는 사이.

그래서 아무런 의심 없이 자발적으로 차에 탈 수 있게만 되면 그다음은 일사천리다.

카메라가 없는 곳에서 차에 태우고 그대로 내달리면 된다.

"으음."

"도대체 무슨 일인데요?"

백자연은 불안한 눈빛이 되어서 물었다.

눈치가 빠른 그녀는 이 일이 절대 작은 게 아니라는 걸 알아챈 것이다.

"아니, 의심스러운 게 있어서."

거기에다가 20대 초중반이면, 세 사람쯤 모이면 충분히 노숙자 한 명쯤은 제압할 수 있다.

그러니 문제가 안 된다.

"혹시 주지아가 그 사람에 대해 특정할 수 있는 걸 알려주지는 않았다니?"

"그런 건 없었다던데요."

오광훈의 말에 백자연은 고개를 흔들었다.

"제 친구는 아는 게 없다고 했어요. 알고 있었다면 이미 경찰한테 이야기했겠지요."

"그건 그렇겠네."

오광훈은 안타깝다는 듯 고개를 흔들었다.

"어떻게 생각해? 이쪽도 막힌 것 같은데."

노형진은 고개를 흔들었다.

"아니, 막히지 않은 것 같은데."

"응?"

"방금 방법이 생겼어."

"뭐?"

"그 실종자 명단, 다시 볼 수 있을까?"

노형진은 눈을 반짝거리면서 말했다.

썸을 탄다는 것. 그리고 사귄다는 것.

미묘한 차이가 있는 그 두 가지의 공통점은 상대방에게 어느 정도 믿음이 있다는 거다.

그리고 그 믿음을 이용해서 꼬셔 내는 것은 어려운 일도 아니다.

"그리고 여자의 믿음을 얻는 가장 좋은 방법은 선물 공세야."

노형진은 주지아의 방을 둘러보면서 말했다.

딸을 찾는 데 도움을 준다는 말에 그 부모는 방을 열어 줬다.

'안타깝군.'

정황상 그녀가 살아 있을 가능성은 없다.

그럼에도 불구하고 부모는 혹시나 하는 마음을 가지고 있었다.

'차라리 시신을 찾는 게 나을 거라고는 하지만.'

희망 고문은 끝나지만 반대로 희망도 끝난다.

"별게 없는데?"

오광훈은 주지아의 방 안을 이리저리 둘러보았다.

전형적인 여고생의 방이었다.

경찰은 단순 가출로 처리해서인지 수사하러 오지 않았던

듯, 거의 변동이 없었다.

"비싼 물건을 찾아봐."

"비싼 물건?"

"그래. 여자의 마음을 잡기 위해서는 돈이 필요하다고 네가 말했잖아. 아마 보석 같은 건 아닐 거야."

아무리 여자애라고 하지만 고등학생에게 보석 같은 건 너무 부담스러운 물건이다.

그렇다면 다른 물건일 가능성이 높다.

"흠…… 난 도무지 감이 안 오는데?"

"나는 찾은 것 같네."

노형진은 책상 위에 있는 화장품 케이스를 집어 들면서 혀를 끌끌 찼다.

"뭐를? 화장품을?"

"그래."

"이게 차이가 있어?"

"있지."

노형진은 한쪽에 있는 화장품을 꺼내 들었다.

스킨이었다.

"이건 로드숍이라고 불리는 저가 라인 화장품이야. 돈이 없는 학생들이 많이 쓰지."

그렇게 말하면서 다른 쪽에 있는 립스틱을 드는 노형진.

"이건 명품 브랜드 립스틱이고. 이거 하나 가격이면 저거

스킨 대여섯 개는 살걸."

그런데 그런 립스틱이 여러 가지가 있다.

"화장품이 딱 이원화되어 있어."

하나는 로드숍의 싼 종류, 다른 하나는 명품 고가 라인.

"부모님이 사 주는 거라면 이런 극단적 성향은 보이기 힘들지."

일단 부모님들이 학생인 자녀에게 화장품을 사 주는 걸 싫어할 뿐만 아니라 사 준다고 해도 가능하면 가성비가 괜찮은 걸 고르기 마련이다.

"즉, 부모님이 사 준다면 로드숍에서 사지는 않을 거라는 거지."

즉, 로드숍 제품은 자신이 산 거라는 거다.

그러면 이 개당 몇만 원에서 몇십만 원이나 하는 화장품은 어디서 온 걸까?

"남자 친구겠군."

오광훈은 바로 알아차렸다.

여자를 꼬시기 위해서는 적절한 선물을 줘야 한다. 그리고 이런 화장품은 충분히 그런 가치가 있다.

"그런데 이걸로 추적이 가능해?"

"이것 말고 다른 걸 찾아봐야지."

노형진은 그렇게 말하면서 옷장을 열었다.

화장품으로 남자 친구의 존재를 확인했지만 그렇다고 해

서 이걸 추적할 수는 없다.

노형진이 찾는 것은 다른 것이다.

"빙고."

노형진은 옷장을 뒤지다가 살짝 미소 지었다.

옷장 안쪽에 잘 숨겨진 명품 케이스 때문이었다.

"이게 뭔데?"

"말 그대로 명품의 증거지."

보통 여자들은 명품에 대한 사랑이 대단하다.

그래서 명품을 사면 케이스도 잘 보관한다.

특히 생애 처음으로 명품을 받으면 당연히 그걸 보관한다.
어린 나이라면 더더욱 말이다.

"그리고 명품을 살 때는 말이지, 짝퉁이 아니라면 그 안에
품질보증서가 들어가."

품질보증서. 이게 가짜가 아니라는 증거이며 또한 A/S를
받기 위한 필수 요소다.

거기에다 이게 있어야 혹시나 중고로 거래한다고 해도 충
분한 가격을 받을 수 있다.

"그래서 여자들은 이 품질보증서를 보관하지."

노형진은 케이스 안에서 보증서를 꺼내 들었다.

"이걸 추적하면 될 거야."

"응?"

"이걸 추적하면 어디서 샀는지 알 수 있지 않겠어?"

운이 좋다면 누가 샀는지도 알 수 있다.

"헐, 명품을 추적한다고? 그리고 보니 그건 나도 생각을 못 했네."

추적한다고 하면 그냥 영수증 같은 거나 생각하던 오광훈은 혀를 내둘렀다.

길이 막혔다고 생각했는데 진짜로 방법이 있을 줄은 몰랐던 것이다.

"과연 어디에서 누가, 그걸 샀는지 알아보자고."

오광훈은 품질보증서를 가지고 그걸 판매한 곳을 찾아다녔다.

그리고 얼마 지나지 않아서 그 명품을 판 곳을 찾을 수 있었다.

라나백화점이라는 곳이었다.

다른 것은 전혀 취급하지 않고 오로지 명품만 취급하는 곳.

"누가 샀는지 알 수 있나요?"

"구매자의 실명은 저희도 알 수가 없어서요."

아니나 다를까, 그걸 구입한 사람은 누군지 알 수가 없단다.

신용카드도 아니고 현금으로 구입했다고 하니까.

거기에다가 보통 포인트를 쌓기 위해 실명 등록을 하는데 그조차도 하지 않았다.

"그리고 이런 건 영장을 가지고 오셔야 합니다."

무엇보다, 백화점에서는 이런 대화 자체를 꺼리는 기색이 역력했다.

"으음……."

오광훈은 곤란한 표정이 되었다.

그럴 수밖에 없는 게, 그동안의 경험을 통해 영장이 쉽게 나오지 않는다는 것을 알고 있기 때문이다.

특히 이러한 고가의 명품만을 다루는 백화점은 판매 기록을 뒤지면 정재계 인사들이 뇌물로 받은 현금으로 사거나 뇌물로 구입한 기록이 많아서, 영장이 나올 가능성이 거의 제로에 가깝다는 것을 직감적으로 알고 있었다.

"그래요?"

물론 노형진도 그걸 알고 있었다.

하지만 그렇다고 해서 물러날 노형진이 아니었다.

"그러면 어쩔 수 없지요. 수사 진행 상황을 공개하는 수밖에."

"수사 진행 상황요?"

직원은 당황한 표정을 지었다.

노형진은 직원을 몰아붙이기 위해 오광훈을 쳐다보며 말했다.

"안 그러면 피해자가 더 발생할 수밖에 없지 않겠습니까? 안 그렇습니까, 오 검사님?"

"그렇지. 피해자를 더 늘릴 수는 없지."

"피해자라니요?"

백화점 직원은 눈을 찌푸렸다.

피해자라는 말이 영 꺼림칙한 것이다.

아니, 정확하게는 사건 수사 기록을 발표한다는 게 꺼림칙했다.

"사실은 연쇄살인범 하나를 추적 중인데요, 여기서 명품을 사서 여자를 꼬시는 데 쓴다고 하더군요."

"뭐라고요?"

"말씀드린 대로입니다. 그렇다 보니 유일한 흔적은 여기뿐인데, 그 추적을 방해하지면 저희로서는 그 사실을 공개하는 수밖에 없죠. 그래야 추가 희생자가 발생하는 걸 막을 수 있지 않겠습니까?"

"아니, 그건……."

직원은 당황했다.

그리될 경우 어떤 일이 벌어질지 그도 아는 것이다.

'망하는 거지, 뭐.'

대부분의 명품 소비는 여자들이 해 준다.

더군다나 남자들이 사 주는 게 보통이다.

만일 이런 소문이 나면 남자 손님들이 여친 선물을 사러 여기로 올 리가 없다.

여기서 샀다가 무슨 오해를 받을까 두려울 테니까.

더군다나 여자들도 마찬가지다.

혹시나 연쇄살인범이 다니는 백화점 명품관에 갔다가 연쇄살인범의 눈에 띄면 다음 살해 대상이 될 수 있다는 공포감에, 절대 오지 않을 것이다.

여기서 명품을 사던 부잣집 사모님들도 마찬가지.

이곳이 수사 대상에 포함되면 당연히 구입 내역을 조사할 수밖에 없고, 그러면 자신들이 탈세를 한 것이 걸릴 수밖에 없다.

"뭐, 개인적으로 원한은 없습니다만 연쇄살인은 막아야 하지 않겠습니까? 대승적 차원에서 이해해 주리라 믿습니다."

물론 대승적 차원에서 이해해 줄 수는 있다.

하지만 여기가 망하면 그 손실은 최소 수십억에서 수백억 대다.

"자…… 잠깐만요. 점장님에게 보고를 하고 허가를 받아 보겠습니다."

직원은 다급했다.

손님 하나 보호하려다가 자기네 가게가 망할 수도 있다는 생각이 들었기 때문이다.

"아니요. 그럴 필요는 없습니다. 저희도 가능하면 빨리 일을 진행해야 해서요. 사건이 사건이다 보니……."

노형진은 슬쩍 전화기를 들었다.

그리고 고문학에게 전화를 걸었다.

－여보세요.

"고 기자님? 혹시 시간 됩니까?"

고문학은 눈치 빠르게 상황을 알아챘다.

－없는 시간이라도 만들어야지요. 뭐 특종거리라도 있습
니까?

"아니, 사실 특종은 아니고, 연쇄살인에 관해 사회적으로
경고를 울려야 할 것 같아서요. 연쇄살인범이 특정 지역에서
활동한다는 증거가 있어서요. 그걸 알려야 다른 분들이⋯⋯."

"아이고, 수사관님! 잠시만요!"

다급하게 노형진을 말리는 직원.

"저 수사관 아닙니다."

노형진은 슬쩍 그를 피하면서 정정해 줬다.

"노 변호사, 나가서 통화하지 그래? 여기는 아무래도 불편
하네. 뭐, 더 이상 할 수 있는 것도 없는 것 같고."

"그럴까요?"

노형진은 자리에서 일어났고 직원은 다급하게 매달렸다.

"바로 가지고 오겠습니다! 누가 샀는지 압니다! 최근에도
명품을 사 가셨습니다! 영상도 가져다드릴까요?"

'빙고.'

노형진의 예상대로였다.

이런 놈이 여자 한 명한테만 공을 들일 리가 없다.

당연히 여기서 여러 번 물건을 샀을 테고, 백화점 기준으

로는 VIP일 게 뻔했다.

그러니 보호를 했을 테고.

'그건 네놈들 사정이고.'

"수사에 협조해 주신다면 참으로 감사하지요."

노형진은 웃으며 말했고, 직원은 잠시만 기다려 달라며 다급하게 사무실 바깥으로 향했다.

그리고 혹시나 노형진이 자신이 나간 사이에 전화라도 할까 두려워서 다른 직원을 불러서 좋게 말하면 응대를, 나쁘게 말하면 감시를 하라고 했다.

그렇게 얼마 지나지 않아서 그는 작은 메모리 카드를 들고 왔다.

"저희가 아는 건 얼굴뿐입니다."

그럴 거다. 바보가 아닌 이상에야 자신의 이름이나 전화번호 같은 걸 흘리며 다니지는 않을 테니까.

'하지만 카메라는 어쩔 수 없지.'

아무리 그가 노력한다고 해도 여기서 카메라를 피할 수는 없다.

물론 인터넷으로 산다면 카메라 걱정은 하지 않아도 되겠지만, 인터넷에서 파는 것은 짝퉁이 너무 많다.

설사 그런다고 해도 주소가 드러나는 것은 어쩔 수 없고 말이다.

"여기."

심지어 카메라 영상 중에서도 특별히 얼굴이 잘 드러나는 부분으로 출력까지 해 온 직원의 손에서 노형진은 그 출력물을 받아 들었다.

　　잘생긴 남자가 웃고 있었다.

　　노형진 역시 그런 그를 보면서 살짝 미소 지었다.

사냥을 시작하자

사진만으로는 범인을 잡을 수 없다.

하지만 사진이 있으면 다른 곳에서 물어볼 수 있다.

노형진은 정보 팀을 통해 백화점 근처의 고급 식당을 찾아 다니면서 사진을 확인했다.

만일 여기에 물건을 사러 온 놈이라면 이 근처에서 밥을 먹었을 가능성이 높기 때문이다.

'그리고 이런 스타일의 범인이 간단하게 김밥천국 같은 곳에서 먹을 리가 없지.'

모든 범죄는 각자 다 다른 이유가 있다.

그건 살인도 마찬가지다.

특히나 인간 사냥꾼에는 여러 가지 스타일이 있다.

가장 흔한 것이 정신이상자들의 살인, 그리고 인생을 실패한 자들의 특정 집단에 대한 보복 살인이다.

'가장 그 숫자가 작은 게 인간을 사냥감으로 깔보고 즐거움을 느끼는 타입이지.'

그런 인간들은 다른 사람과 자신을 전혀 다른 존재로 본다.

스스로가 우월하다고 생각하며, 또한 다른 사람들은 일종의 짐승으로 취급한다.

마치 노예제도가 있던 시절에 노예를 보는 시선이랄까.

'그리고 그런 놈들이 서민 취향일 리는 없지.'

그런 최고가의 음식점은 그다지 흔하지 않았다.

그래서 그곳을 찾아보려고 했다.

그런 취향의 인간이라면 분명 최고급을 찾을 테니까.

그런데 노형진와 오광훈은 그곳에서 당혹스러운 상황을 맞이했다.

"그래서 사람을 찾으러 오셨다고요?"

사람 좋은 미소를 지으면서 웃고 있는 남자.

늘씬한 키에 잘 잡힌 근육, 그리고 따뜻한 미소까지 완벽하게 보이는 남자가 노형진과 오광훈에게 질문을 던졌을 때, 두 사람은 눈만 데굴데굴 굴릴 수밖에 없었다.

"누구를 찾으시는지요?"

"아니, 그게……."

오광훈은 대답을 하지 못하고 노형진을 쿡 찔렀다.

그리고 지그시 노형진을 바라보았다.

그의 눈은 이렇게 말하는 것 같았다.

'도대체 저놈이 왜 여기에 있냐?'

노형진은 어깨를 으쓱했다.

마치 '그러게?'라고 말하는 것처럼 말이다.

'진짜 저놈이 여기에 왜 있지?'

자신들이 찾는 범인, 그 사람이 바로 눈앞에 웃으며 서 있 었으니까.

"뭘 도와드릴까요?"

분명 사람을 찾는다고 했다.

그리고 사진을 가지고 있다.

'하지만 진짜로 너를 찾는다고 할 수는 없잖아?'

노형진은 헛기침을 하면서 말을 돌렸다.

"여기 손님 중에서 조두억이라는 분을 찾고 있습니다."

"네. 조두억이라는 분이 여기 자주 온다고 들었는데요."

"무슨 일이신지요?"

"사기 사건입니다."

거짓말로 사건을 꾸며 내는 것은 어려운 일이 아니었다.

"사기를 칠 때 이곳에 피해자를 데리고 와서 접대를 하면 서 설득한다고 하더군요."

"그래요? 하지만 식당에서는 특별한 경우가 아니면 손님 의 성함을 여쭤보지 않아서요."

"반쯤 까진 대머리에 주변 머리만 남아 있습니다. 남색 계통의 양복을 주로 입고요."

"죄송합니다. 저는 잘 모르겠네요. 혹시 왔던 시기라도 기억하시나요?"

"다섯 달 전쯤일 겁니다."

범인은 어깨를 으쓱했다.

"그러면 CCTV도 삭제가 되었겠네요. 도와드릴 수 있는 게 없어서 죄송합니다. 나중에 그런 손님이 오시면 연락드리지요. 검사님의 연락처로 연락하면 되나요?"

"네."

"알겠습니다."

노형진과 오광훈은 그곳을 터덜터덜 나왔고, 차에 타기가 무섭게 그곳을 노려보았다.

"도대체 저 새끼가 왜 저기 있는데?"

"나도 모르지. 어이가 없네. 아주 뻔뻔하게 영업하네?"

"저 새끼 뭐야?"

"뭐긴, 범인이지."

"범인 맞아? 그런데 왜 저렇게 태연해?"

"우리가 자길 찾는 걸 모르니까."

노형진은 긴 한숨을 내쉬었다. 자신들이 찾던 사람을 찾아내서 좋기는 하지만, 너무 빨리 부딪히는 바람에 도리어 이쪽 얼굴을 들키고 말았다.

"일단 우리가 예상한 것과는 정확하게 맞아떨어지는데."

부자에, 치밀하고, 자신을 감추는 데 능하다.

그 조건에는 맞아떨어진다.

"전혀 범인 같지 않은데. 너무 잘생겼잖아? 저런 미남이 뭐가 아쉬워서 살인을 하고 다니겠어?"

"그게 문제야."

아주 선량하게 생긴 미남이다.

그리고 그런 선량한 타입을 의심하는 사람은 없다.

더군다나 그가 준 명함을 보면 그는 가게의 주인이다.

누가 저런 사람을 의심하겠는가?

"사람들은 잘생긴 사람을 미남형이라고 하고 못생긴 사람들을 범죄형이라고 하잖아?"

"그렇지. 나야 뭐 완벽한 미남이지만."

"헛소리하지 말고. 하여간 사람들의 관점으로는 그렇게 보일지 몰라도 법률적 기록에 따르면 반대야."

"뭐?"

"범죄형 외모를 가진 사람들은 오히려 범죄율이 높지 않아. 반대로 미남형이 더 범죄를 많이 저지르지."

"뭔 개소리야? 뭐, 미남형이 범죄자다, 그런 거냐? 너 나 질투하지?"

"헛소리도 그 정도면 약 먹어야 한다."

노형진은 핸들을 손가락으로 두들기면서 차분하게 말했다.

"질투가 아니라 현실적인 기회의 문제야."

"현실적인 기회의 문제?"

"그래."

사람이 누군가를 만날 때 첫인상은 무척이나 중요하다.

첫인상에서 상대방의 80%를 판단해 버리기 때문이다.

"그건 범죄에도 적용되지."

미남이라서 범죄를 저지르는 게 아니다.

다만 미남이라서 범죄의 기회가 더 많다는 것이다.

잘생긴 사람은 쉽게 타인의 믿음을 얻어 낼 수 있다.

그에 반해 못생긴 사람은 그 믿음을 얻어 내기 어렵다.

둘 다 같이 범죄의 목적으로 접근한다면, 기회는 압도적으로 잘생긴 사람이 잡기 쉽다는 것이다.

"간단하게 생각해 봐. 여자가 잘생긴 사람이랑 둘이 있고 싶겠냐, 아니면 못생긴 사람이랑 둘이 있고 싶겠냐?"

"아아."

당장 오광훈만 봐도 그렇다.

과거의 진짜 오광훈은 자신과 하룻밤을 보낸 여자의 속옷을 모으는 성벽이 있었다. 그리고 오광훈이 전생한 후 정리할 때, 그 속옷은 물경 백 장이 넘었다.

"너 우리 사무실에 무태식 변호사님 알지?"

"알지."

"넌 그 변호사님이 결혼하기 위해 얼마나 지극정성을 들였는지 모를 거다."

생긴 게 산적 같다 보니까 그는 말 그대로 헌신을 다해야 했다.

"애초에 주어지는 기회가 다르다 이거구나."

"그래."

노형진은 그렇게 말하면서 다시 한번 식당 주인이 건넨 명함을 바라보았다.

교두선이라고 이름이 적혀 있는 명함.

"과연 그가 어떤 사람인지는, 조사해 보면 알겠지."

⚖

"교두선은 재벌은 아닙니다만 아버지가 벼락부자입니다."

고문학은 교두선에 대해 조사한 내용을 가지고 와서 보고를 하기 시작했다. 제법 유명한 사람이었기 때문에 조사 자체는 어렵지 않아 금방 끝났다.

"벼락부자요?"

"네. 원래 수원 사람입니다만……."

그의 아버지는 수원에서 농사를 짓는 사람이었다. 광교라고 하는 지역에서 농사를 지었다.

"광교는 지역적으로 낙후 지역이었습니다."

수원이 번화한 데 반해 그 지역은 진짜 산속이나 마찬가지였다. 근처에 호수도 있고 작은 유원지도 있지만 그린벨트에 묶여서 개발이 불가능했기 때문이다.

"거기에 땅을 많이 가지고 있었지요."

"광교라면 지금은 그런 동네가 아니잖아요?"

노형진은 수원의 광교에 대해 잘 알고 있다.

그가 알고 있는 광교는 지금 수원의 최대 부촌이다. 가장 잘 만들어진 신도시이며, 또 최고가의 지역이다.

그럴 수밖에 없다.

당장 호수가 내다보이는 아파트가 얼마나 있겠는가?

거기에다 그 호수가 꽤 커서, 그 주변을 돌며 산책도 가능하다. 또 수원이 원래 커다란 도시라 문화시설도 잘 정비되어 있다. 거기에다 서울도 가깝고 말이다.

"거기가 그린벨트가 풀리면서 재개발이 진행되었지요. 그리고 그게 대박이었지요."

그의 아버지는 순식간에 졸부가 되었다.

그가 가진 땅이 호수와 인접한 지역이었기 때문에 땅 가격이 실로 어마어마했던 것.

"그러면 그 일식집은……?"

"그 돈으로 꾸린 겁니다. 교두선은 그곳을 비롯해서 전국에 열두 개 음식점을 가지고 있습니다. 200평 이하 식당은 하나도 없고요."

"끄응."

전형적인 졸부다.

그리고 노형진은 이런 경우에 터지는 문제가 뭔지 안다.

"세상이 만만해 보이겠군요."

가풍이라는 게 있다.

사람들은 부자라고 하면 일단 색안경을 끼고 보는 성향이 있는 게 사실이다.

물론 부자 중에 안 좋은 놈들이 넘쳐 나는 것도 사실이고.

'하지만 전통적 부자들은 나름의 규칙이 있지.'

전통적으로 부자인 사람들.

그들은 자식 교육에 관한 가풍이 있다.

최소한 자수성가한 사람들은 자식 교육에 관해서는 깐깐하다. 자신이 자수성가한 것처럼 사람의 미래는 알 수 없는 것이며, 너무 막 행동하면 그 반동이 있다는 걸 알기 때문이다.

"의외로 부자들은 예의범절을 중요시하지."

"어? 그래? 내가 봐서는 안 그렇던데?"

"그건 그들이 권력을 쥐면서 바뀌어서 그래."

"달라?"

"달라."

권력은 사람을 미치게 만드니까.

물론 돈도 그건 마찬가지이지만, 권력과 다르게 돈은 브레이크가 걸린다.

"그들은 예의를 지키지 않을 수가 없거든."

"어째서?"

"사는 세계가 달라진다고 할까? 예를 들어 보자. 지금 광교 이야기가 나왔지?"

광교. 수원에서는 부촌에 들어간다.

"거기에 산다는 것은 그만큼의 능력이 있다는 거지."

"그거랑 예의랑 뭔 상관이야?"

"억제력이라는 거지. 서로 상대방 머리에 총 대고 있는 거지."

문제가 생기면 상대방과 싸우게 되는데, 그런 경우 상대방 역시 변호사를 사고 본격적으로 법률적으로 개싸움을 할 수 있다는 걸 아는 것이다.

거기에다 부촌인 만큼, 재수 없으면 권력을 가진 사람이 걸릴 수 있다.

"그래서 전통적인 부자들의 특징이, 최대한 적을 만들지 않는 거야."

"아아."

상대방이 자수성가하면 자신의 최대의 적이 될 수 있기 때문이다.

그래서 전통적인 부자들을 보면 무리하게 자기 이득을 챙기기보다는 자신에게 부담이 되지는 않는 선에서 상대방에게 베푸는 걸 선호한다. 1천만 원을 투자해서 누군가가 자수성가하게 돕는다면 그는 10억을 가지고 올 수도 있으니까.

"하지만 그 한계를 넘어서거나 졸부가 되면 문제가 되지."

권력을 쥐거나, 저쪽이 자수성가를 해도 찍어 누를 수 있다고 생각하면 그때부터 문제가 된다.

돈과 다르게 권력은 강력하니까.

과다하게 불어난 돈도 마찬가지다. 적을 만들어도 이길 수 있으니까.

"너 재벌가끼리 만나는 거 보면 아주 가증스러울걸."

뒤에서는 사람을 무시하고 쇠 파이프로 패는 재벌도, 재벌가 모임에서는 온갖 가식을 다 떤다.

그들은 자신과 싸울 수 있는 사람이기 때문이다.

"그리고 졸부들은 뭐랄까, 무시에 대한 반동이야."

"무시에 대한 반동?"

"그래."

특히 땅으로 졸부가 된 사람들은 그런 성향이 강하다.

주식이나 투자로 부자가 된 건 자신의 노력으로 부자가 된 거다. 그리고 그 투자 능력은 분명 주변에 도움이 된다.

설사 부잣집 재산을 물려받았다고 해도 그 집안의 힘이라는 무형의 지원이 있기 때문에 무시를 받지 않는다.

"하지만 부자들 사이에서도 땅으로 부자가 된 사람들, 특히나 이번 경우처럼 농사나 짓다가 갑자기 재개발돼서 부자가 되면 무시를 받아."

"뭐 그런 놈의 세계가 다 있어?"

"인간이라는 게 그런 거야."

노형진의 말에 고문학은 고개를 끄덕거렸다.

"그래서 그런지 자식 교육에 많이 매달렸습니다. 좀 허투루 돈을 쓰고 다니기도 했지만요."

"그렇군요."

땅 부자들이 거의 필수적으로 하는 것. 그건 다름 아닌 자식의 유학이다. 자신과 같이 무시받지 않게 하기 위해 그들은 자식 교육에 매달린다.

만일 한국에서 최고의 대학을 보낼 수 없다면 더더욱 그런다.

"그러면 교두선도 유학파군요."

"교두선은 영국 퍼드워드 대학의 경영학 석사까지 마친 사람입니다. 능력도 있고요. 그래서 아버지의 재산을 기반으로 상당히 불려 놨습니다."

"능력이 있는, 영국 유수 대학의 경영학 석사라."

노형진은 긴 한숨을 내쉬었다.

"드디어 마지막 퍼즐이 맞춰졌네요."

"마지막 퍼즐?"

"그래."

"뭐 이상한 점이 있었어?"

"일반적으로 이러한 인간 사냥꾼들의 공통점이 있거든."

그들이 하는 행동에 대한 해석.

남들이 보기에는 그들의 그런 행동은 살인이다.

하지만 인간 사냥꾼들에게 있어서 그건 살인이 아니다.

사냥이지.

"그게 연쇄살인범과 인간 사냥꾼을 가르는 가장 큰 차이가
되지."

인간 사냥꾼들은 보통 사냥 경험이 있다.

목표에 대한 추적과 그 과정에서의 두뇌 싸움, 그리고 그
추적을 통해 목표를 찾아내고 마지막에 쐐기를 박는 행위.

그러한 사냥이라는 행위를 통해 즐거움을 느낀다.

"쉽게 말해서 인간과 짐승의 두뇌 싸움이지."

일단 그 즐거움을 알게 되면 인간 사냥꾼은 더더욱 난이도
가 높은 대상을 찾는다. 처음에는 소형 초식동물, 나중에는
대형 초식동물, 맨 마지막에는 대형 육식동물까지.

"그 즐거움을 모르고 살인 자체만 즐기는 놈들은 일반적인
연쇄살인범이 되는 거고. 사실 인간 사냥꾼이 나타난 건 예
상하고 있었지만 이해가 가지 않는 건, 도대체 어디서 사냥
을 배웠냐는 거였어. 사냥은 그냥 산에 사람 풀어 두고 개 풀
어서 끝나는 게 아니야. 상대방의 행동을 예측하고, 그 대상
이 남긴 흔적을 읽을 줄 알아야 해. 즉, 배우지 않으면 사냥
자체가 불가능해. 이게 살인과의 가장 큰 차이지."

"오묘하네."

"이렇게 표현하면 쉽겠네. 그놈들에게 이건 일종의 게임
이야. 다만 컴퓨터 게임과 다른 건, 이쪽이나 저쪽이나 목숨
이 한 개라는 거지."

"하지만 공평한 게임이 아니잖아?"

"그러니까. 게임하다 보면 그런 놈들 있지? 쪼렙 학살하는 놈들."

자신들이 우월하다고 생각해서 레벨이 낮은 사람들만 학살하면서 즐거움을 느끼는 자들.

오죽하면 그런 놈들이 얼마나 활개를 치는지, 모 게임에서는 신규 유저의 80% 이상이 그런 놈들 때문에 게임 못 해 먹겠다고 중간에 그만둬 버렸다.

"그런 거지. 물론 그런 짓을 하는 놈들은 치트 쓰는 거고."

저쪽은 사냥감. 자신은 사냥꾼.

"살인범들은 자기 목숨은 안 걸어. 기회가 되면 바로 죽이지. 하지만 사냥꾼들은 달라. 만일 인간 사냥꾼이 대상을 놓치면 그의 인생은 끝장이야. 즉, 리스크가 있다는 거지. 뭐, 그래 봤자 죽는 사람보다는 적지만."

하지만 한국은 사냥을 배울 만한 여건이 안 된다.

물론 멧돼지나 고라니를 사냥하는 사람이 있기는 하지만 그들에게 스포츠로서 사냥을 배우는 건 아무래도 무리다.

한국은 사냥 문화가 그다지 발달하지 않아서다.

더군다나 그들에게 배우면 무슨 일이 터졌을 때 벗어날 수 있는 방법이 없다. 자신의 존재를 다른 사람들이 알고 있기 때문이다.

하지만 그 사냥에 관해 다른 곳에서 배워 온다면?

그래서 한국에서 자신이 사냥할 줄 안다는 것을 누구도 모른다면?

"그리고 영국은 그러한 사냥 문화가 아직 살아 있는 몇 안 되는 나라 중 하나야."

현대에 와서는 사냥이 재미 삼아 짐승을 죽이는 잔인하고 비문명적 행위라고 여겨지는 경향이 강하다.

그래서 다른 나라들은 사냥을 즐기는 사람도 많지 않고 그 제한도 많다. 당장 한국은 유해 조수로 분류되는 일부에 대해서만 사냥 허가가 나는 것이 그 증거다.

"하지만 영국은 일종의 귀족 스포츠로 아직 남아 있지."

"귀족 스포츠?"

"그래."

그리고 교두선은 영국에서 배웠다. 아마도 그곳에서 사냥을 처음으로 했을 테고 그 희열에 눈을 떴을 것이다.

"그 후에 그게 지겨워진 거지."

아무리 짐승이 머리가 좋아도 인간을 압도하는 것은 무리다.

물론 극히 일부 본능적으로 인간을 압도하는 놈들도 있지만, 그들과 인간이 다른 것은 놈이 자신을 노리는 사냥꾼을 덮칠 때 그 사냥꾼에게는 도와줄 사람이 있다는 것이다.

"그에 반해 짐승의 목숨은 하나뿐이고 협동이라는 게 없으니까."

결과적으로 사냥을 하다 보면 짐승의 두뇌 플레이는 뻔해지게 된다.

애초에 기본적으로 본능에 따라 움직이는 게 짐승이니까.

"그러면 그 두뇌 플레이를 할 수 있는 대상이 누굴까?"

"인간이군."

이번 사건의 대략적인 그림이 그려지는 건지, 오광훈이 눈을 찌푸렸다.

사냥감이 되어 버린 인간은 살기 위해 머리를 굴릴 테고, 저놈은 인간을 죽이기 위해 뭐든 할 것이다.

잡히는 순간 둘 중 한 명의 목숨은 끝장난다.

"그래서 이상하게 생각한 거지."

재미 삼아 인간 사냥? 그건 할 수 있다. 하지만 과연 그 사냥 자체는 어디서 배웠는지가 의문점이었다.

그리고 곧 의문은 풀렸다.

"교두선에게 등록된 총기는 없지요?"

"없습니다."

"역시나."

총기는 등록제이지만 탄약은 아니다.

사실 탄약은 부하를 통해 구입해도 된다.

"그놈을 어떻게 잡지?"

"글쎄."

노형진은 턱을 문질렀다.

교두선을 잡는 가장 확실한 방법은 현장을 덮치는 것이다.

하지만 문제는 그가 사냥에 익숙하다는 것이다.

"현장을 덮친다는 것 자체가 표적이 된 사람이 위험해질
수도 있다는 소리거든."

다른 사건과 다르다. 미끼가 된 사람은 목숨을 걸 수밖에
없다. 아니, 추적에 익숙한 교두선이니, 아마도 살해당할 가
능성이 높다.

"그걸 막으려면 근거리에서 추적해야 하는데, 그 정도는
교두선이 알아챌 거란 말이지."

노형진은 턱을 문지르면서 생각에 빠졌다.

"일단은 표적이 누군지 알아보는 게 중요하지 않을까요?"

고문학이 걱정스럽게 말했고 노형진은 고개를 끄덕거렸다.

"그게 좋겠군요. 안전을 위해서라도요."

누구를 만날지 모른다.

만일 자신의 시선에서 벗어난 시점에 그 희생자를 데리고
산으로 들어가면, 또 허망하게 한 명이 죽게 된다.

"사람을 붙여 주세요. 안전을 위해서라도, 그놈이 만나는
사람을 다 점검해야겠습니다."

노형진은 입술을 깨물며 말했다.

⚖️

교두선은 노형진이 발견한 후에도 딱히 별 움직임을 보이

지 않았다.

언제나 사람 좋은 미소를 지으면서 사람을 응대할 뿐이었다.

물론 만나는 사람이 없는 것도 아니었다.

"세 사람요?"

"네. 고등학생이 한 명, 대학생이 한 명, 직장인 여성이 한 명입니다."

고문학의 보고에 노형진은 턱을 문질렀다.

"상대방에게는 자신의 신분을 속였을 것 같군요."

"그런 것 같더군요. 대화 내용은 잘 모르겠습니다만 복장이 다릅니다."

"복장이라."

"고등학생과 대학생을 만날 때는 대학생처럼 입고 나갑니다. 하지만 직장인 여성을 만나러 갈 때는 깔끔한 정장을 입고 가더군요."

"사업을 하는데도요?"

"네."

"대충 알 것 같군요."

아마 고등학생과 대학생에게는 자신을 대학생이라고 소개했을 것이다. 반면에 직장인 여성에게는 자신을 직장인이라고 소개했을 테고.

"딱히 이상 징후는 없었고요?"

"네, 없었습니다."

"만나는 남자는 없었습니까?"

이런 일을 하려면 분명 다른 사람의 도움을 받아야 한다.

여자야 그렇다고 쳐도 노숙자는 납치를 해야 하니까.

"딱히 만나는 사람은 없습니다."

"그래요?"

노형진은 곰곰이 생각에 빠졌다.

'혼자 만나나? 그럴 리가 없는데. 역시 대포폰으로 연락을 하고 다니는 건가?'

아무리 정보 팀이 감시를 한다고 해도 결국 개방된 장소에서만 가능하다. 그리고 교두선의 성향을 생각하면 허술하게 움직일 리는 없다.

"제 개인적인 의견을 말씀드리자면, 아무리 생각해도 그가 살인자처럼 보이지는 않습니다."

노형진은 고개를 끄덕거렸다.

"그럴 겁니다. 그렇게 뻔하게 의심을 받을 만한 행동은 하지 않겠지요."

더군다나 교두선은 노형진이 회귀하기 전에 잡힌 적이 없는 인간이다. 그런 인간이 잡혔다면 언론에서 난리가 났어야 정상이다. 그런데 아무런 말도 없었다는 것. 그건 그가 잡히지 않았다는 것을 의미한다.

"그를 자극할 만한 방법은 없을까요?"

"글쎄요, 그가 자극받을 만한 게 없을 것 같은데요."

고문학도 그 부분은 염세적으로 반응했다.

"지금까지 많은 사람들을 만나 봤습니다만 그렇게 감정 표현이 절제된 사람은 본 적이 없습니다."

심지어 진상 손님이 멱살을 잡아 올려도 그는 웃으면서 말릴 뿐이었다.

수천억대 자산가로는 보이지 않는 극히 소탈한 모습.

"이걸 그냥 공개하면 진짜로 미친놈 소리를 듣겠지요."

"그럴 겁니다. 기부도 적지 않게 하고 있더군요."

"끄응……."

노형진은 머리를 부여잡았다.

'딱 제슨 스타일이네.'

미국의 유명한 인간 사냥꾼 살인마였던 제슨. 그는 지역의 유지로, 드러난 모습은 선량하기 그지없었다.

시골에서 농장을 운영하던 그는 지역공동체에 헌신적이었고 또 사람들에게 자비로웠다.

심지어 지역 유소년 축구 팀의 감독이기도 했다.

그는 누구에게나 존경받았지만 자신의 지역 사람이 아닌 다른 사람, 그러니까 시골에 여행 온 일행을 납치해서 인간 사냥을 즐겼다.

희생자의 숫자는 무려 백스물세 명.

납치한 피해자 중 하나가 재수 없게 군인 출신이었다는 게 그가 잡혀 버린 이유였다.

아무리 사냥꾼이라고 해도 전문 전투 훈련을 받은 사람에게는 못 미쳤고, 심지어 그 납치 피해자는 베트남전과 1차 이라크전까지 겪은 베테랑 중의 베테랑이었던 것이다.

겉으로는 그저 나이 많은 노인으로 보였지만 그는 싸우는 법을 알았고, 제슨은 피해자가 마을로 다가가는 것이 확실하자 다급한 마음에 큰 실수를 해서 결국 역으로 제압당하고 만다.

'그렇다고 이 싸움에 그런 사람들을 불러올 수도 없고.'

노형진은 고민을 하다가 정신이 번쩍 들었다.

'그러고 보니 실수를 하게 만들면 되잖아?'

제슨은 수십 년 동안 잡히지 않을 정도로 은밀했지만 핀치에 몰리자 다급해서 실수를 하고 말았다.

'그러고 보니 사냥이라는 게 그런 거지.'

저쪽이 치트를 쓰고 있기는 하지만, 그렇다고 해서 이쪽에는 아예 방법이 없는 것은 아니다.

당연히 그에 맞는 방법을 찾으면 된다.

"하지만 그가 다급하게 움직일 정도로 압박할 방법이 있을까요?"

고문학은 걱정스럽게 말했다. 아무리 생각해도 그런 방법이 떠오르지 않았기 때문이다.

"있을 것 같네요."

"있다고요?"

"네. 혹시나 해서 말인데요."

다급함이 실수를 부르는 법이다. 제슨의 실수는 표적이 마을로 들어가는 것을 막아야 한다는 다급함이었다.

그렇다면 교두선에게도 그만큼 다급한 상황을 부여하면 되지 않을까?

"그 녀석, 군대는 갔다 왔습니까?"

"네?"

노형진의 엉뚱한 질문에 고문학은 고개를 갸웃했다.

"영장을 위조해서 보내자고?"

"그래. 그 녀석, 군대를 안 갔다 왔어."

이미 확인해 봤다. 교두선은 군대를 갔다 오지 않았다.

"유학을 갔다 와서 사업하는 사람들의 특징이지. 가능하면 가지 않으려고 하는 곳이 군대니까."

그렇다 보니 가능하면 입대를 미룬다.

"그리고 교두선이 군대에 가게 되면 살인은 꿈도 못 꾸지."

"그건 그런데……."

"그러면 그 녀석이 어떤 행동을 할까?"

"당연한 거 아냐? 어떻게 해서든 살인을 하려고 하겠지."

영장이 나왔다.

군대에 가면 최소한 1년 반은 살인은 꿈도 꾸지 못한다.

그리고 군인이라는 특성상 움직임도 극도로 제한된다.

"이런 연쇄살인범들에게 살인은 일종의 중독이야."

당연히 살인을 못 한다는 사실에 극도로 긴장하고 다급한 마음을 가지게 된다.

"아무리 자기가 남들보다 더 우월한 인간이라고 주장한다고 할지라도 결국 인간인 것은 마찬가지거든."

남자는 영장이 나오면 일단 정줄 놓고 놀려고 한다. 현실 부정인 것과 동시에, 군대에 가면 그렇게 놀지 못할 거라는 사실을 알기 때문이다.

당장 군대에 가면 군복 입고 술집에만 갔다가도 작은 트러블이라도 생기면 헌병에게 잡혀가는 것이 현실이다.

"가기 전에 즐길 만큼 즐긴다, 그게 그의 당면 목표가 되겠지."

"살인이 즐기는 대상이 될지는 모르겠지만……."

오광훈은 어깨를 으쓱했다.

그는 군대를 다녀오지 않았으니 할 말이 없어서다.

"뭐, 군대 두 번 갔다 온 네가 하는 말이니 맞겠지."

"큭, 씨발. 팩트 폭행."

왠지 노형진은 눈물이 찔끔 났다.

"그런데 그런다고 해서 그 녀석이 움직일까? 그 녀석만 잡는 게 목적이 아니잖아. 같이하는 놈이 있을 거라면서?"

"그래, 그럴 거야."

노형진은 어깨를 으쓱했다.

"그러기 위해 보내는 영장이야. 이제부터 사냥을 시작해야지."

"사냥을?"

"그래."

노형진은 눈을 돌려서 창밖, 길을 지나다니는 사람들을 바라보았다.

그들은 과연 이런 살인을 알고 있을까?

아마도 모를 것이다. 안다면 누구도 못 믿을 테니까.

"사냥할 때는, 때로는 자신이 사냥감이 되기도 하니까. 이제는 우리가 사냥꾼이 될 차례야."

오광훈은 노형진의 말대로 수사 차원에서 영장을 위조해서 보냈다.

혹시나 국방부에 연락해서 확인하면 어쩌나 싶었는데 다행히 교두선은 그러지는 않았다.

술에 취해서 며칠간 휘청거린 것이 다였다.

마치 인생이 끝나기라도 한 것처럼 말이다.

그리고 며칠 후 그는 전혀 다른 모습으로 움직이기 시작했다.

노형진은 스포츠카를 끌고 나가는 교두선을 보면서 씩 웃었다.

며칠 전과는 전혀 다른 모습.

느긋함보다는, 다급함이 더 가득한 모습.

"근데 용케도 연기 신청을 안 하네."

"저 나이대면 이미 다 썼을 테니까."

그리고 연기 신청은 그에 합당한 이유가 있어야 한다.

하지만 그는 지금 그럴 만한 이유가 없다.

학생도 아니고, 생계도 곤란하지 않고, 나이도 많다.

"결국 남은 건 군대에 가는 것뿐이지."

노형진은 시계를 흘낏 보았다.

"그리고 그가 실수를 하면, 우리가 잡으면 되는 거거든, 후후."

노형진은 시동을 걸고 차를 타고 교두선을 따라갔다.

얼마나 갔을까? 그는 어느 공영 주차장에 차를 대더니 허름한 준중형으로 차를 바꿔 탔다.

"준중형?"

"스포츠카를 타고 표적에게 다가가긴 힘들겠지."

신분을 감추고 있는 상황이니까.

그래야 나중에 문제가 생기지 않을 테니까.

마침내 교두선의 차가 서자, 노형진도 따라서 차에서 내렸다.

"내가 이야기한 건 기억하고 있지?"

"그래. 이쪽에서 조여들어 가자는 거지? 이게 사냥이 맞는지는 모르겠지만."

"사냥 맞아. 원래 사냥이라는 것은 대상을 조금씩 몰아가면서 하는 거야."

노형진은 고개를 끄덕거리고는 오광훈을 데리고 식당으로 내려갔다. 그리고 그곳에서 누군가를 만나고 있는 교두선을 찾을 수 있었다.

예상대로의 움직임.

"이럴 줄 알았지."

영장이 나오면 그가 가장 빨리 노릴 수 있는 대상이 누굴까? 다름 아닌 자신이 공을 들이던 여자들이다.

그들에게 데이트를 하자고 하면서 끌어내는 것.

여행을 가자고 하면서 인적이 없는 곳으로 꼬셔 내는 것.

"그러자면 아무래도 대학생이 만만하겠지."

고등학생은 끌어내는 게 쉽지 않을 것이다.

그건 직장인도 마찬가지.

그러니 가장 만만한 것은 시간적 여유가 있는 여대생인 것이다.

교두선은 커피숍에서 여대생으로 보이는 사람과 만나고 있었다.

가방에 준중형 자동차, 그리고 어색하게 쓴 안경까지.

누가 봐도 공부 잘하는 대학생 오빠 같다.

"자, 그러면 깽판 치자고."

노형진의 말에 오광훈은 고개를 끄덕거리면서 그에게 다가갔다.

"아이고, 교두선 씨, 여기서 뵙네요?"

"누구세요?"

낯선 남자가 다가오며 알은척을 하자 어리둥절한 표정으로 바라보는 여자.

"안녕하십니까? 서울 중앙 검찰청 오광훈 검사입니다."

"네? 검사요?"

여자는 당황했다. 자신이 데이트하는데 검사가 상대방을 알고 있다는 듯 다가오는 건 이상했기 때문이다.

"교두선 씨 여자 친구이신가 보시네요?"

"네? 누구요? 교두선요? 그게 누군데요?"

'역시나.'

상대방을 속이기 위해 만나는 교두선이다.

실명을 알려 줄 리가 없다. 실명을 알려 줬다면 이미 연쇄살인범으로 특정되었을 것이다. 가족들이 이름을 들었을 테니까.

"네? 무슨 말씀이신가요? 이분이 교두선 씨 아닌가요?"

오광훈은 모른 척 말했다.

그리고 교두선은 당혹스러운 표정이 되었다.

"아니, 그게……."

"오빠, 이게 무슨 소리야? 교두선이라니? 오빠 이름, 박주석 아니야?"

"아니, 혜미야. 내 말 좀 들어 봐. 그게……."

아무리 천재라고 해도 이런 상황에서 마땅한 반박이 바로 나올 수는 없다. 바로 옆에 오광훈이 있으니까.

"교두선 씨, 이게 무슨 말입니까? 박주석이라니요?"

"이봐요! 지금 뭐 하는 겁니까!"

"뭐 하긴요? 그냥 아는 분에게 인사드리는 거죠. 그런데 박주석이라니 이게 무슨 말입니까?"

"아니, 사정이 있어서……."

"사정? 무슨 사정? 오빠, 나한테 지금까지 거짓말한 거야?"

다른 것도 아니고 신분에 대해 거짓말한 남자. 그 남자에 대해 여자가 의심을 하지 않으면 그게 이상한 거다.

"아니, 속인 적 없어."

"교두선이라잖아! 이게 뭔 소리야? 오빠, 한국대 다닌다면서?"

"네? 무슨 말씀이세요? 이분이 나이가 몇인데 대학을 다닙니까?"

"네? 나이요?"

"이분 나이가 벌써 스물여덟 살입니다. 사업하시는 분인데 대학을 왜 다녀요?"

"오빠, 지금 이 상황 뭐야? 오빠 이름도 가짜고 대학생도 아니었어? 아니, 나이까지 속인 거야? 나한테는 스물네 살이라면서!"

오광훈은 그 말을 들으면서 속으로 킬킬 웃었다.

'죽을 맛이겠지.'

이건 허위 사실 유포도 아니고 명예훼손도 아니다.

그저 아는 사람을 만나서 인사한 것뿐이니까.

"그리고 그것도 이해가 안 가는데요? 이분이 한국대생이라고요?"

"네!"

"그럴 리가요."

"전 학생증도 봤어요!"

"그럴 리가 없는데?"

오광훈은 짐짓 심각한 표정을 지었다.

이제 쐐기를 박을 시점이었다.

"교두선 씨, 잠깐 신분증 좀 볼 수 있을까요?"

교두선의 얼굴이 창백해졌다. 그럴 수밖에 없는 게, 여기서 신분증을 꺼내면 자신이 곤란해지기 때문이다.

신분증을 꺼내면 자신이 거짓말한 게 들킨다. 그렇다고 박주석의 신분증을 꺼내면 자신이 신분을 위장한 게 들킨다.

"이런 씨발."

"씨발? 오빠, 그게 무슨 소리야?"

"그래, 거짓말했다! 어쩔래!"

그는 뻔뻔해지기로 했다. 먹잇감 하나를 놓친 게 아쉽지만, 일이 틀어진 이상 더는 여기서 시간 죽일 이유가 없으니까.

"오……빠?"

"그래! 내가 속였다! 어린애 좀 만나려고 속였다! 어쩔래!"

일이 이렇게 되면 가장 좋은 것은, 어린 여자를 만나고 싶어서 거짓말한 것이라고 해 버리는 것이다.

'제법 머리를 쓰네.'

좀 떨어진 곳에서 노형진은 피식 웃었다.

"오……빠가…… 어떻게 그런……."

"아, 몰라! 씨발, 꺼져!"

그는 벌떡 일어나면서 오광훈을 팍 밀었다.

"비켜, 이 새끼야!"

"교두선 씨? 이게 무슨 짓입니까?"

"아, 보면 몰라? 꺼지라고, 이 새끼야!"

짜증을 내면서 바깥으로 나가 버리는 교두선.

"흑흑흑."

홀로 남은 여자는 눈물을 흘리면서 울었지만 그는 단 한
번도 뒤도 돌아보지 않았다.

교두선이 멀어진 후 오광훈은 노형진에게 다가왔다.

"진짜로 거짓말했네."

"신분을 속였을 거라고 했잖아."

노형진은 오광훈을 바라보면서 조용히 말했다.

"지금부터 네가 중요해."

"내가?"

"저 여자를 설득해서 피해 사실을 진술받아야지. 그리고
그 후에 그걸 기반으로 교두선을 추적해야지."

"아하!"

교두선은 분명 그녀를 속였다.

그게 범죄가 될지 조사하는 것은 오광훈의 책임이다. 당장 눈앞에 보이는 범죄만 해도 신분증 위조 혐의가 있으니까.

"당당하게 교두선을 조사할 수 있겠네."

"그래."

노형진은 교두선이 나간 문 쪽을 바라보았다.

"그리고 교두선은 더욱 다급해지겠지."

그러고는 슬며시 오광훈을 툭 쳤다.

"그러니까 네가 가서 잘 다독거려 봐."

"어? 응? 내가?"

여자를 바라보면서 당황하는 오광훈.

지금까지 우는 여자를 달래 본 경험이 별로 없으니까.

"그래야지. 국민의 지팡이 검찰 아니겠어?"

"어…… 그런가?"

"아, 참! 혹시 이번 기회에 어떻게 꼬셔 보려는 파렴치한 생각을 하는 건 아니지?"

"아니, 날 뭘로 보고!"

"자연이가 보고 있다."

오광훈은 왠지 똥 씹은 얼굴이 되어 버렸다.

⚖

"범죄 사실은 확인했어."

노형진의 예상대로 교두선은 모든 걸 속였다.

나이와 이름, 학력, 주소까지 모든 것이 가짜였다.

"이제 이걸 가지고 조사를 하기는 해야 하는데, 조사한다고 해서 뭐가 나올까? 물론 몇몇은 범죄 사실이 되기는 하지만."

"범죄 사실이 중요한 게 아니야. 중요한 건 그가 만난 여자들이 드러났다는 거지."

"응?"

"신분을 속이고 여성을 만나는 범죄. 그걸 다른 여성들에게 알려 줄 책임이 검사에게는 있지."

그래야 피해자가 추가로 발생하는 걸 막을 수 있으니까.

그건 딱히 불법도 아니다.

되려 분명 피해 사실은 존재하고 그게 재발할 가능성이 아주 높음에도 불구하고 그 상황을 방치하면, 검찰로서는 직무유기가 된다.

"그거랑 그놈이랑 무슨 관계야? 너랑 일하다 보면 전혀 이해가 안 가는 경우가 많다니까."

"간단해. 원점으로 돌아가는 거지."

"원점?"

"그 녀석은 여자를 꼬셔서 희생자로 삼았어. 그리고 노숙자도 납치해서 희생자로 삼았지."

"그런데?"

"그런데 자기가 공들인 사람들이 갑자기 사라지면 어떻게 될까?"

"글쎄, 군대 가나?"

"군대 그거 가짜잖아."

"아, 맞다."

"끄응…… 간단해. 다른 희생자를 찾으려고 하겠지. 그리고 그 희생자를 찾으려면 혼자서는 무리야. 남자이고, 여자처럼 믿음의 관계가 성립된 게 아니니까."

"아하! 그렇겠네!"

지금까지 철저하게 비밀로 부쳐진 존재.

어떻게 추적해도 나오지 않던 존재.

"그들의 다른 희생자는 노숙자들이야. 그들을 납치하려면 다른 범인들을 만나겠지."

술과 밥으로 꼬신다고 해서 노숙자들이 쉽게 넘어오지는 않는다.

당연히 그들 입장에서는 납치를 해야 하는데, 혼자의 힘으로는 절대 쉽지 않다.

결국 다른 사람들이 그를 도와줘야 한다.

"분명 만나겠지."

그리고 그 순간이, 기다리던 순간이 될 것이다.

사냥꾼을 사냥하다

띠리리.

노형진은 잠결에 머리 위를 더듬거렸다.

그리고 힘겹게 핸드폰을 들었다.

"여보……세요? 누구세요?"

잠결에 웅얼웅얼하는 노형진.

그리고 그 너머에서 들리는 목소리.

─노형진 변호사님? 저 고문학입니다. 문제가 생겼습니다.

노형진은 정신이 번쩍 들었다.

지금 문제라고 할 만한 건 하나뿐이기 때문이다.

"문제요? 혹시 교두선에 관련된 문제인가요?"

─네. 그 녀석들이 노숙자 한 명을 납치해서 움직이고 있

었습니다.

"네? 뭐라고요?"

노형진은 정신이 번쩍 들었다.

갑자기 이게 무슨 소리란 말인가?

물론 그렇게 움직이게 만든 것은 노형진이었다.

하지만 그가 누군가를 만나려고 한 움직임은 보이지 않았다.

그런데 갑자기 뭉쳐서 납치를 하다니?

"그게 무슨 말입니까? 전혀 움직임이 없었다면서요?"

ㅡ저도 모르겠습니다. 통화 내역을 확인해 봤습니다만 아무 움직임이 없었는데…….

'이메일로 움직인 건가?'

노형진은 그렇게 생각했다.

하지만 이내 머리를 흔들었다.

그렇다고 보기에는 너무 빠르다.

그리고 이메일은 추적이 쉽다. 증거도 남기 쉽고.

'어떤 수를 썼는지 모르지만 우리 시야에서 벗어나서 움직였어.'

노형진은 눈을 찌푸렸다.

그리고 그게 지금 상황이 되었다.

"지금 상황은 어떻습니까?"

ㅡ지금 추적 중인데, 강원도 쪽으로 움직이고 있답니다.

'이런.'

그 녀석은 아마도 다급할 것이다. 좀 있으면 군대를 가야 하니, 가기 전에 한 명이라도 더 죽이고 싶을 테니까.

'조바심을 너무 자극했나.'

노형진은 고개를 흔들면서 잠기운을 털어 냈다.

이대로 기다릴 수는 없다.

"산으로 따라가는 것은 위험하겠지요?"

─무리입니다.

고문학의 정보 팀이 능력이 뛰어나다고 하지만, 그렇다고 해서 그들이 모든 걸 다 잘 아는 것은 아니다. 특히나 지금 교두선이 가고 있다는 산은 사실상 그의 영역일 가능성이 높다.

"공범에 대해서는 나온 게 있습니까?"

─개를 데리고 왔답니다. 아무래도 개를 키우는 놈들 같습니다.

"개요?"

─네. 트럭을 몰고 왔는데, 거기서 사냥개 두 마리가 내렸다고 하더군요.

"끄응……."

대충 상황이 이해가 갔다.

하긴, 현대에 사냥을 할 때 개는 필수다.

개가 있어야 추적도 쉽고 상대방을 압박할 수도 있다.

'개를 대신 키워 주는 놈이 있을 줄은 몰랐군.'

노형진은 입술을 깨물었다.

하지만 후회는 길게 할 수가 없었다.

"바로 움직이겠습니다."

노형진은 전화를 끊고 바로 오광훈에게 전화를 걸었다.

"광훈아, 일이 틀어졌다."

─뭔 일?

"교두선이 사냥을 시작했어."

오광훈은 침묵을 지켰다. 이해가 가지 않았던 것이다.

노형진은 그런 그에게 지금 상황을 이야기했다.

오광훈이 옷을 입는 소리가 전화기 너머에서 들려왔다.

─어쩔 거야? 지금에 와서 추적을 하는 게 쉽지 않을 텐데.

납치 현장을 본 사람이 있기는 하지만 그건 어디까지나 그들이 산에서 내려왔을 때의 문제다. 지금 잡혀간 사람을 구하려면 어떻게 해서든 산속에서 그들을 체포해야 한다.

'그게 문제야.'

노형진이 아는 인력도 결국은 도시에 익숙한 사람들이다.

'경찰 병력을 동원하는 건? 무리야.'

오광훈이 갑자기 지금 인간 사냥꾼이 나타났다고 경찰 병력을 동원하려 한다고 해서 검찰이 병력 지원을 해 줄 리가 없다.

'더군다나 이번 사건은 공식적으로는 다른 놈이 하고 있단 말이지.'

그래서 노형진이 다른 사건으로 오광훈과 교두선을 엮은 것이다. 그래야 오광훈이 그걸 파고들다가 인간 사냥꾼 혐의를 발견한 게 될 테니까.

'지원 병력 문제야, 기자를 낀다고 하면 해결되겠지만…….'

문제는 그런다고 해도 경찰 병력이 그들을 찾는 데 한계가 있다는 것이다.

경찰 병력의 수색 방식은 간단하다.

구역을 정하고 이 잡듯이 뒤지는 방식이다.

인원이 충분하고 찾으려고 하는 사람이 실종자라면 상당히 효율적인 방식이기는 하지만, 상대방이 사냥꾼이라면 이야기가 좀 달라진다.

더군다나 경찰 병력은 기본적으로 비무장이다.

그럴 수밖에 없는 게, 그런 경우 동원되는 사람은 진짜 경찰이 아니라 경찰에 배치된 전투경찰이고, 평시에는 그들에게 무기가 지급되지 않는다.

"거기에다 산을 수색하는 데 익숙하지도 않을 텐데."

노형진은 고민에 빠졌다. 이 일은 시간 싸움이다.

'당장 죽지는 않을 거야.'

사냥꾼들은 상대방을 한계로 몰아 놓고 추적하면서 즐거움을 느낀다. 그러니 눈앞에서 사람을 죽이지는 않는다.

'일반적으로 산으로 끌고 가서 풀어 주는 데부터 시작하지.'

적당한 위협과 함께 풀어 주면, 상대방은 도망간다.

그리고 사냥꾼들은 바로 추적하지 않는다. 보통 한 시간에 두 시간 정도 여유를 두고 추적을 시작한다. 그래야 사냥이

제대로 되니까.

'그리고 일반적으로 사냥까지 걸리는 시간은 여덟 시간에 열두 시간 사이.'

물론 대상이 산에 익숙한 사람이라면 좀 더 늘어날 수도 있지만, 이쪽에 개까지 있는 상황이라면 도주는 힘들다.

'그러면 이쪽에서 추적할 수 있는 인원이 너무 부족해.'

산 하나가 아니라 산맥 하나를 통째로 수색해야 하는 상황.

그런 상황에서 수색할 줄 아는 사람들은 한국에 너무나도 귀하다. 산에 익숙하고, 산속을 수색할 줄 알아야 하니까.

'잠깐, 그런 사람들이 있잖아!'

노형진은 정신이 번쩍 들었다.

그런 능력을 가진 사람들이 있다.

다만 지금까지 그들을 생각하지 못했을 뿐이다.

물론 도와줄지는 확실하지 않지만…….

'하지만 그들은 전문가지.'

노형진은 눈을 반짝이며 전화기를 들었다.

⚖

"사람을 사냥하는 놈요?"

"네."

노형진의 말에 그의 앞에 있는 사람은 당혹스러운 표정이 되었다. 그런 소리는 처음 들어 봤으니까.

"그놈이 사람을 납치해서 산에 들어갔습니다. 경찰 병력으로는 추적이 불가능합니다."

"끄응…… 그건 그렇겠지만……."

한국사냥협회의 부회장인 성낙대는 뺨을 긁적거렸다.

"경찰견을 동원할 수는 없나요?"

"아무래도 숫자가 좀 부족하죠."

"하긴, 그것도 그렇겠네요."

경찰견이 훈련이 잘된 개들이기는 하지만 기본적으로 도심지 위주로 훈련을 한다. 더군다나 그 숫자도 많지 않다.

"일단 경찰에 도움을 요청하기는 했습니다만 아시지 않습니까, 경찰이 일하는 속도?"

오광훈이 사건을 위에 보고하고 경찰 병력과 경찰견들을 지원해 달라고 하기는 했지만 머리 숫자만 채울 뿐 추적 자체에는 한계가 있다.

"물론 전면에 나서 달라는 건 아닙니다. 개들이 필요합니다."

"무슨 뜻인지 알겠습니다."

아무리 노형진이 막무가내라고 해도 사냥꾼들에게 전면에 나서 달라고 할 수는 없다. 그들은 민간인이고, 재수 없으면 총격전까지 각오해야 하는 상황이니까.

'하지만 이들에게는 개들이 있지.'

경찰견만큼은 아니지만 추적에 능하고, 또 경찰견과 다르게 이 개들은 협공에 능하다.

"뒤에서 개만 좀 풀어 주시면 됩니다."

"그건 어렵지 않지요."

성낙대는 고개를 끄덕거렸다.

물론 개를 훈련시키는 게 쉬운 일은 아니다. 하지만 인간을 사냥하는 미친놈을 잡는 것보다 더 중요한 일은 없다.

"개만 푸는 거라면야. 그러면 제가 다른 사람들에게 연락을 해 보겠습니다. 그런데 얼마나 올지는 모르겠네요."

"한 명의 손이라도 더 필요합니다."

그래야 효율적인 추적이 가능하다.

"알겠습니다. 어디로 가라고 할까요?"

"저희가 마지막으로 추적한 곳은 이곳입니다."

노형진은 주소를 적어서 건넨 뒤 바로 자리에서 일어났다.

"잘 부탁드립니다."

시간은 없는데 할 일은 많다.

"최대한 많이 데리고 가겠습니다."

성낙대는 노형진을 보면서 고개를 끄덕거렸다.

⚖️

"생각보다 숫자가 적네."

오광훈을 보면서 노형진은 눈을 찌푸렸다.

그러자 옆에 있던 다른 남자가 얼굴을 붉혔다.

"시위를 진압하러 가서⋯⋯."

"누구신지?"

"이번 사건을 담당하고 있는 주자철이라고 합니다."

"아⋯⋯."

이번 사건을 담당하는 검사. 그는 오광훈에게 연락을 받고 최대한 인력을 수급하려고 했다.

하지만 애석하게도 그게 쉽지가 않았다.

"국회의사당 앞에서 농민들의 시위가 있어서요. 경찰 인력이 모조리 동원되었습니다."

"아무리 그래도 그렇지."

산을 수색하기 위해서는 최소한 삼백 명 이상은 필요하다.

그런데 여기에 와 있는 것은 고작 예순 명뿐이었다.

"이나마도 최소한의 경비 병력만 남겨 두고 데리고 온 겁니다."

"끄응."

시기가 너무 좋지 않았다. 이런 상황이라면 수색이 끝나기도 전에 일이 터질 가능성이 높다.

'더군다나 이 사람들은 무장도 없는데.'

물론 미치지 않고서야 경찰보고 총질을 하지는 않겠지만, 반대로 생각하면 교두선이 총질할 가능성은 분명 존재한다.

어차피 막장이라는 소리니까.

"아무리 그래도 그렇지 경찰견도 없다는 건……."

"그쪽도 죄다 징발해 가서……."

"망할 새끼들."

정치인이라는 놈들이 켕기는 게 워낙 많다 보니 자신들을 지키는 데 사람을 많이 동원한 것이다.

"할 수 없지. 이대로 가야지."

오광훈은 어깨를 으쓱하면서 자신의 권총을 확인했다.

총격전이 벌어지면 바로 쏴야 할 테니까.

"하다못해 경찰견이라도 더 있었다면……."

주자철은 입술을 깨물었다.

자신이 이 사건을 조사하면서 느낀 건, 경찰이든 검찰이든 사건을 탐탁지 않게 여기고 있다는 것이었다.

그것도 버거운데 난데없이 최악의 타이밍에 일이 터져 버렸다.

"어쩌면 예상하고 한 건지도 모르죠."

"네?"

"범인으로 추정되는 교두선은 똑똑한 놈입니다. 시위 일정에 맞춰서 범죄를 저지르는 것일 수도 있죠. 그래야 경찰의 시선이 그쪽으로 쏠리니까."

"큭."

물론 그건 순전히 우연이었다.

하지만 계획성을 더 보강하면 그의 형량은 더 늘어난다.

"일단은 산을 수색해 봅시다."

경찰견이 없는 상황에서의 수색.

참으로 답답한 상황이었는데, 저 멀리 한 무리의 차들이 달려오는 것이 보였다.

"뭐……?"

"아, 드디어 오는군요. 경찰견 문제는 해결된 것 같네요."

"네?"

"뭔 소리야? 갑자기 경찰견을 어디서 구해?"

주자철과 오광훈이 어리둥절한 사이, 차들이 다가와 멈춰 서더니 사람들과 함께 수십 마리의 개들이 내리기 시작했다.

"헐?"

"이거 몇 마리야? 족히 일흔 마리는 넘겠는데?"

계속 들어오는 차들. 그리고 줄줄이 내리는 사냥개들.

"기본적으로 사냥이라는 건 같으니까요."

경찰견은 사람을 찾기도 하지만 폭탄이나 특수 물질을 찾기도 한다. 그래서 비싸다.

"하지만 사람을 찾는 목적은 같으니까요."

그러한 훈련이 충분히 되어 있는 사냥개들.

개들은 산에서 내리자 본능적으로 사냥이 시작되었다는 것을 알고 가만히 있지 못하고 이리저리 들쑤시고 있었다.

"생각보다 많이 왔네요."

"여기는 1진입니다. 2진은 사람들을 모아서 더 올 겁니다."

성낙대는 완전무장을 하고 총까지 들고 와 있었다.

"총?"

"아, 이분들은 사냥꾼입니다. 혹시 몰라서 개들을 부탁드렸습니다."

성낙대는 주자철의 손을 꼭 잡으며 말했다.

"뭐, 총은 신경 쓰지 마세요. 자위 차원에서 가지고 온 겁니다."

"그거야 그렇겠지만……."

민간인이 끼어든다는 말에 주자철은 곤혹스러운 표정이 되었다. 하지만 이어지는 노형진의 말에 입술을 깨물며 침묵해야 했다.

"그러면 이대로 돌려보내실 겁니까?"

경찰견도 없는 상황. 이런 상황에서 그들을 추적하는 것은 불가능하다.

"후우, 어쩔 수 없네요. 그런데 진짜로 사람한테 쏘시면 안 됩니다. 오발 사고 조심해 주시고요."

"걱정하지 마세요. 멧돼지 사냥만 20년 했습니다."

성낙대는 안절부절못하는 개들을 진정시키며 말했다.

"사람이 엄청 많군요."

"아무래도 위험한 일이니까요. 그 미친놈이 우리를 사냥할지 어떻게 압니까?"

'그것도 그럴 수도 있겠군.'

산속에서 개 몇 마리만 데리고 다니는 사냥꾼들.

그들이 그 미친놈과 만나면, 재수 없으면 자신이 총에 맞아서 죽을 수도 있는 일이다. 산에서 그렇게 당하면 누구 죽었다는 것도 말 안 해 주고 장례도 못 치를 게 뻔하다.

"그나저나 어떻게 추적을 할까요?"

"차량에 범인들의 물건이 있으니 그걸 추적하죠."

노형진은 이미 교두선에게 사람을 붙였고, 그래서 이 범행을 알았다.

당연히 이곳에 그들의 차가 있다는 것도 알고 있었다.

"가 보죠."

그들이 간 곳에는 교두선의 자가용과 승합차 한 대 그리고 개를 태우고 온 듯한 차 한 대가 서 있었다.

"정보에 따르면 놈들은 네 명이랍니다."

누구인지 확인할 수는 없었지만 멀리서 감시한 감시원의 말에 따르면 교두선까지 총 네 명이 있었다고 했다.

"그리고 피해자는 오산에서 납치되었답니다."

"그런 정보를 어떻게?"

"다른 사건과 관련해서 추적 중이었거든요."

오광훈의 말에 주자철은 입술을 깨물었다. 자신은 범인이 누구인지 감도 못 잡고 있었는데 이미 추적 중이었다니.

"일단 중요한 건 그놈을 추적하는 겁니다."

오광훈은 그들의 차로 가서는 서슴없이 유리창을 깨고는

문을 열었다.

"교도소에서 나오면 연락하라고 하세요, 창문값 배상해 줄 테니."

그는 그렇게 말하면서 집기들을 바깥으로 던졌고, 사냥꾼들은 개들에게 그 냄새를 기억시키기 시작했다.

"지금부터 경찰 중대를 최대한 나눠서 추적합니다. 각 중대에는 무장한 사람들이 최소한 두 명 이상 있어야 합니다. 아, 사냥꾼분들은 빼고요."

경찰들과 검사들은 저마다 총기를 확인하기 시작했다.

"그들의 체포도 체포지만 최우선은 인질의 구조입니다. 그러니 무리해서 싸울 필요는 없습니다."

노형진은 힐끗 시계를 보았다. 교두선 일행이 여기에 도착한 후 대략 여섯 시간이 지난 시점. 슬슬 위험한 시간이다.

"지금부터 사냥을 시작하죠."

노형진의 말에 사냥꾼들은 개들을 풀었고, 개들은 무서운 속도로 산으로 질주하기 시작했다.

⚖

"도대체 어디 있는 거야?"

오광훈은 산을 헤집으면서 짜증스럽게 말했다.

애석하게도 노형진은 총이 없었기 때문에 그와 함께 배치

되어서 산을 타고 있었다.

"이 근처입니다."

성낙대는 주변을 헤집는 개들을 보면서 나지막하게 말했다.

"이 근처라고요? 어떻게 아십니까? 아무것도 없는데요."

"개들이 달리지 않고 이 주변을 배회하지 않습니까? 상대
방이 계속 이동한 게 아니라 이 주변에 냄새를 많이 남겼다
는 의미지요. 아마도 여기서 쉰 것 같습니다."

노형진은 주변을 둘러보았다. 확실히 쉬기에는 좋은 위치다.

"그리고 이쪽에서 양쪽으로 갈라졌네요."

나무가 부러진 각도를 보던 성낙대의 말.

노형진의 입에서 저절로 신음이 흘러나왔다.

"거의 다 따라잡았군요."

"그런 것 같습니다."

자신들의 이야기가 아니다. 교두선의 이야기다.

사냥개를 따라서 일직선으로 산을 타고 있던 놈들이 양쪽
으로 갈라졌다는 것. 그건 대상이 근처에 있으며 포위를 하
기 위해 움직였다는 것을 뜻한다.

그걸 알고 성낙대는 이 근처라고 이야기한 것이다.

"아직 총성은 없었죠?"

"네. 아마도 기회를 노리든가 아니면 좀 더 가지고 놀 속
셈일 겁니다."

성낙대는 눈을 찌푸렸다.

"악질이군요."

"악질이죠."

그냥 죽이기는 아쉬우니 가지고 놀다가 사람을 말려 죽이려는 행동. 그 행동이 그는 이해가 가지 않았다.

"미친놈은 이해가 안 되는 게 정상입니다."

"하긴, 그건 그러네요. 그게 이해가 가면 나도 미친놈이겠지요."

성낙대는 그렇게 말하면서 개들을 불러 모았다.

그리고 근처에 있는 다른 팀을 불렀다.

그래야 양쪽 다 추적할 수 있으니까.

"이거 조용히 움직일 수 있을지 모르겠네요, 인원이 워낙 많아서."

성낙대는 우려 섞인 목소리로 말했다.

사실 한두 명도 아니고 수십 명이 몰려다니는데 모를 수는 없는 일. 노형진도 그 부분이 걱정되었다.

"조용히 접근하다가 총격전이 벌어질 수도 있고."

"으음……."

"그냥 멀리서 총 쏴 버릴까? 빵! 하고."

오광훈의 말에 노형진은 코웃음을 쳤다.

"그게 가능할 거라 생각해? 권총으로 저격이라도 하게?"

"그건 그렇지? 더럽게 안 맞더라."

고개를 끄덕거리는 오광훈.

하지만 노형진은 오광훈의 말에서 좋은 방법을 찾았다.

"하지만 총을 쏘는 것도 나쁘지 않은 방법이네."

"뭐?"

노형진은 오광훈에게 대답하는 대신에 성낙대를 바라보았다.

"혹시 총 좀 쏴 주실 수 있겠습니까?"

"네?"

성낙대는 당황한 표정이 되었다.

⚖

탕!

허공에 울리는 총소리. 그리고 '컹컹!' 하는 개들이 짖는 소리.

교두선은 그걸 들으면서 입술을 깨물었다.

"젠장, 하필."

그는 사냥꾼이다.

그래서 총소리를 들어 보면 대충 어떤 총인지 안다.

그런데 지금 울리는 총소리는 엽총의 소리다.

"아무래도 사냥꾼들이 있는 모양인데?"

"어쩌지?"

"이 근처에 멧돼지라도 있는 건가?"

동료들은 걱정스러운 얼굴이 되어서 말했다.

그럴 수밖에 없는 게, 근처에 멧돼지 사냥꾼이 있으면 자기들이 위험해지기 때문이다.

"그놈은 어디야?"

"이쪽으로 갔어. 흔적으로 봐서는 그리 멀지 않은 것 같아."

"당장 잡고 튀어야 하나?"

"위험해."

위험하다.

만일 총을 쏴서 죽이면 그 시신을 감출 시간이 있어야 한다.

그런데 총소리는 가까이에서 들렸다.

즉, 사냥꾼들이 이 근처에 있다는 거다.

"쓸데없이 엮이면 우리가 곤란한데."

"아, 씨발. 뭐야. 이야기가 다르잖아. 계집 맛 좀 보게 해 준다고 하더니."

"닥쳐! 나라고 이렇게 될 줄 알았냐고!"

사냥의 재미는 역시 여자였다.

사냥을 거의 끝내면 살기 위해 뭐든 하려고 하고, 그때 충분히 즐기고 나서 머리에 대고 방아쇠를 당겨 버리면 깔끔하게 정리되니까.

"총소리 보니까 한둘이 아닌 것 같은데."

전문 사냥꾼들이라면 어디서 멧돼지를 사냥하는지 안다.

멧돼지가 유해 조수로 분류된다고 하지만 보이는 대로 무조건 잡는 건 불법이다. 지역 관할관청의 허가를 얻어서 정해진 숫자만큼만 잡을 수 있다.

하지만 이들은 그런 타입이 아니기에 그런 정보가 있을 수가 없다. 지금까지는 겹친 적이 없다고 하지만, 그렇다고 해서 절대로 겹칠 리가 없는 건 아니다.

"염병."

동료 한 명이 짜증스럽게 말했다.

"일단은 그 새끼가 발견 안 되게 해야 하는데."

"걱정하지 마. 그 새끼는 총소리 나는 쪽으로는 얼씬도 안 할 테니까."

자신들이 총을 가지고 있는 걸 봤다. 실제로 위협사격을 했으니, 그는 총소리가 난 쪽에 자신들이 있다고 생각해서 접근도 안 할 것이다.

"하지만 저놈들은 어떻게 하지? 그냥 저 새끼들도 죽일까?"

"위험해. 그랬다가 동료라도 오면 어쩔 건데?"

사냥꾼들은 절대 혼자서 움직이지 않는다. 안전 때문이다.

멧돼지는 절대 호락호락한 동물이 아니다. 당연히 두 명이상 움직이고, 개는 네 마리 이상 데리고 다닌다.

보통은 사람 두 명에 개 여섯 마리가 한 팀을 이룬다.

"우리는 총이 하나뿐이잖아."

당장 총도 한 정뿐이고 개도 두 마리뿐이다.

"젠장, 전에 그 새끼만 아니었어도."

원래는 개가 네 마리였다.

하지만 마지막으로 죽였던 노숙자가 의외로 싸울 줄 아는 놈이어서, 그놈한테 개가 두 마리나 죽은 것이다.

"어쩔 수 없지. 모른 척하면서 다른 곳으로 보내야……."

말을 하던 교두선은 한쪽에서 나는 컹컹하는 개 짖는 소리에 눈을 찌푸렸다.

"뭐야?"

컹컹!

산속에서 뛰쳐나온 개들이 자신들을 포위하자 당황하는 네 사람.

그들의 개들도 낯선 개들이 나타나자 잔뜩 긴장한 눈치였다.

'어쩌지? 쏴 버려?'

하지만 자신의 엽총에는 두 발밖에 안 들어간다.

그에 반해 포위한 개들은 다섯 마리.

물론 세 마리가 더 많다고 못 이길 것 같지는 않지만, 쓸데없이 피를 볼 수밖에 없는 상황.

"이것들아, 진정해!"

그런데 개들이 나온 곳에서 낯선 남자 네 명이 나타났다.

그걸 보고 그들은 입술을 깨물었다.

그 남자들은 무장을 하고 있었으니까.

"워워!"

미쳐 날뛰는 개들을 몇몇이 진정시키고, 한 남자가 그에게 다가왔다.

"반갑습니다. 멧돼지 사냥하러 나오셨나 봐요?"

"네? 아, 네."

예상대로 그들은 멧돼지를 잡으러 나온 사냥꾼들, 그러니까 포수였다.

"이쪽으로 큰 놈 하나 뛰어갔는데 못 보셨습니까?"

"네? 글쎄요. 저도 찾고 있지만 못 봤는데요."

"그래요? 한 300킬로그램쯤 되는 큰 놈 두 마리인데."

"못 봤습니다."

"그래요?"

남자는 머리를 긁적거렸다.

"아무래도 어디서 놓친 것 같은데?"

"아니, 이 새끼들은 왜 엉뚱한 쪽으로 온 거야?"

"다른 개들이 있어서 그런가 본데?"

발광하는 개들을 진정시킨 남자의 말에 다른 남자가 퉁명스럽게 말했다.

"간만에 대물이었는데."

머리를 긁적거리는 남자를 보고 교두선은 속이 바짝바짝 타는 느낌이었다.

'빨리 꺼지라고!'

아무리 표적이 이쪽으로 오지 않는다고 해도, 사람들과 엮이면 자신이 곤란해진다.

하지만 교두선의 마음과 다르게 남자는 짜증스럽게 머리

를 긁적거리다가 주머니에서 담배를 꺼내 물었다.

"어? 씨발, 라이터. 라이터 있는 사람?"

"없는데. 나 끊었잖아."

"나도 없어."

다들 없다고 고개를 흔들자. 남자는 곤란한 듯 주변을 두리번거렸다.

"어디서 흘렸나. 저기 죄송한데, 라이터 있으십니까?"

그는 교두선에게 말했고, 교두선은 어쩔 수 없어 주머니 안에서 라이터를 꺼냈다.

"여기 있습니다."

"고맙습니다."

"별말씀을요."

사냥꾼은 다가와서 라이터를 넘겨받으려고 했다.

그 순간 교두선은 이상하다는 생각이 들었다.

'뭐지? 뭔가 말이 안 되는······.'

생각해 보니 사냥꾼이 산에서 담배를 피울 리가 없다. 야생동물들은 냄새에 예민하기 때문이다.

하지만 그런 생각이 들었을 때쯤에는, 이미 그의 세상은 빙글빙글 돌고 있었다. 강력한 힘에 의해 바닥에 내팽개쳐지고 있었던 것이다.

"컥!"

교두선이 고통에 찬 비명을 지르자 벌떡 일어나는 동료들.

하지만 이내 그들은 저항하지 못했다.

"꼼짝 마! 경찰이다. 움직이면 쏜다!"

방금 전까지만 해도 아무렇지도 않게 있던 두 남자가 그들에게 엽총을 겨눴기 때문이다.

컹컹!

뭔가 이상하다 생각한 교두선의 개들이 강하게 짖기 시작하자 개를 붙잡고 있던 남자, 그러니까 성낙대는 바로 목줄을 놔 버렸다.

"포위해!"

컹컹!

크르르!

개들이 한꺼번에 몰려가자 그쪽 개들은 저항도 하지 못했다.

자신들이 포위당했다는 걸 안 것이다.

"끄응……."

"씨발…… 뭐야!"

교두선과 그 일당은 당황해서 외쳤다.

갑자기 벌어진 상황이 이해가 가지 않았다.

"뭐긴 뭐야, 경찰이지. 아니, 난 검찰."

교두선을 잡아 넘긴 오광훈은 뒷주머니에서 수갑을 꺼내 교두선의 손목에 능숙하게 채웠다.

"무슨 짓이야!"

"너희야말로 무슨 짓인지 묻고 싶다. 사람을 사냥하는 게 그렇게 즐겁냐?"

얼굴이 사색이 되는 자들.

"무…… 무슨 헛소리야!"

"이미 증거 다 구해 놨어. 지금도 노숙자 한 명 끌고 왔잖아!"

"노숙자라니! 무슨 개 같은 소리야!"

"이미 다 알고 왔다."

오광훈이 그렇게 교두선의 손목에 수갑을 채우는 사이에 주자철은 한 남자에게 다가갔다.

"오지란 씨죠?"

"어…… 그런데요?"

"제보 감사합니다. 같이 가시죠."

"자…… 잠깐만요. 제보라니요?"

오지란은 당황했다.

제보라니? 자신은 제보한 적이 없다.

"덕분에 살인을 막았습니다. 같이 가시죠. 아마 자수로 인해 최대한 선처될 겁니다."

"아니, 잠깐만! 그게 무슨 소리야! 내가 제보를 했다니?"

오지란은 아니라고 부정하려고 했지만 이미 모든 것은 드러난 상황이었다.

"검찰로 연락하지 않으셨습니까? 인간 사냥을 하는 그룹에서 탈출하고 싶다고."

"난 그런 적이 없어!"

"걱정하지 마세요. 앞으로 이놈들이 감옥에서 나오게 되는 일은 없습니다."

주자철은 오지란을 따로 데리고 나갔고, 그걸 보고 교두선과 나머지 두 명은 눈이 뒤집어졌다.

"너 이 개자식! 죽여 버릴 거야! 죽여 버릴 거라고!"

"아, 그건 너의 선택지에 없어. 너희는 무조건 사형이야, 이 새끼들아."

오광훈은 그들을 강제로 일으켜 세웠고, 경찰들은 숲을 헤치고 나와서 그들을 강제로 연행했다.

"드디어 잡았네."

노형진은 발버둥을 치는 세 사람을 보면서 한숨을 푹 쉬었다.

"실종자를 찾는 게 문제지만."

"금방 찾을 수 있을 겁니다."

주자철은 오지란을 다른 경찰에게 넘겨주고 다가오면서 말했다.

"그나저나 덕분에 쉽게 잡았습니다. 최악의 경우 총격전도 각오했는데요."

"가능하면 안전하게 해야지요."

보통은 조용히 접근하는 것이 안전에는 최고다.

하지만 그랬다가는 전경 중 누가 다칠 수도 있기 때문에 노형진은 계획을 살짝 바꿨다.

일단 총을 쏘아 근처에 다른 사람이 있다는 사실을 그들에게 각인시키고, 이후 멧돼지 사냥꾼인 양하여 접근하는 것.

사람들은 자신의 범죄가 드러나지 않았다고 생각하면 일단은 상대방을 속여서 그 순간을 넘어가려고 한다.

그래서 노형진은 오광훈과 주자철 그리고 다른 한 명을 동료 사냥꾼으로 꾸면서 접근시켰다. 개들을 진정시키기 위해서는 어쩔 수 없이 성낙대가 도와줘야 했지만 말이다.

"그래도 덕분에 큰 문제는 생기지 않았습니다."

그다지 위험한 상황은 아니었기 때문에 성낙대는 고개를 끄덕거렸다.

사냥을 하다 보면 종종 산속에서 사람을 만나는 일이 있기 때문에 어색하지는 않았던 것.

"그런데 왜 한 명은 따로 빼신 건가요?"

그 한 명이 제보했다고 한 이유. 주자철은 그게 궁금했다.

그의 신상을 확인하는 것은 어려운 일은 아니었다.

그들이 가지고 온 차들이 바로 아래에 있었으니까.

그 차의 주인을 확인하고 사진을 확보한 후 마치 그가 제보자인 것처럼 꾸민 것이다.

"사망자들을 찾기 위해서죠. 저들은 지금 잡혀 들어가면 입을 다물 겁니다."

그래야 최대한 죄를 가볍게 만들 수 있을 테니까.

"사실 현 상황에서 저들에게 해당되는 죄목이라고 해 봐야 한 명에 대한 납치와 불법무기소지죄뿐입니다."

그리고 그걸로는 2년 이상의 형량이 나오기 힘들다.

"누가 입을 열어도 망하는 건 다 같이 망하는 거니까."

당연히 누구도 입을 열지 않을 것이다. 워낙 사건이 커서, 입을 연다고 해도 선처받을 수 있는 상황이 아니니까.

"하지만 이미 입을 연 상황이라면 이야기는 달라지죠."

그래서 그런 것이다. 이미 배신당했다 생각하도록.

"그러면 형벌이 강해지죠."

만일 아무도 입을 열지 않으면 2년 이하 징역이다.

하지만 한 명이라도 입을 열면?

사건의 규모나 특성상 입을 연 한 명을 제외한 나머지는 무조건 사형이 구형될 가능성이 높다.

"입을 연 놈은 아마도 20년쯤에서 끝날 겁니다."

노형진이 알기로는 그들은 아직 20대다.

20년이라고 해도 40대, 즉 그래도 세상 구경은 할 수 있는 나이다.

"결국 이미 배신을 했다고 생각하고 서로를 믿지 않게 되겠군요."

"네."

그들은 배신한 놈을 물고 늘어지려고 할 테고 반대로 배신 당했다고 오해받은 놈은 그들의 공격을 방어해야 하는 상황이 된다.

"결국 희생자들이 얼마나 나올지는 조사에 들어가 봐야 알겠지만요."

노형진은 씁쓸하게 말했다.

"다만 이런 미친놈이 또 있지 않을지. 걱정이네요."

세상은 넓고 미친놈은 많은 법이니까.

"그래서 결국 다 불었어?"

"그래. 사망자 겁나 많더라. 노숙자 열두 명에 여자가 아홉 명이야."

오광훈은 영 꺼림칙한 얼굴로 말했다.

"처음에는 노숙자로 시작했는데, 납치한 사람 중에 여자 노숙자가 있었던 모양이야. 정확하게는, 가출한 여자애였지."

"뭔지 알겠네."

처음에는 살인만으로 만족하다가 여자 노숙자를 보고 엉뚱한 생각을 했을 것이다. 그리고 인간은, 아니 범죄자는 자극에 익숙해지면 절대 과거로 돌아가지 못한다.

"그래서 그 이후부터는 주로 여자들을 노렸고."

얼굴 되고 돈 되는 놈이 있으니 여자를 꼬시는 건 어려운 일이 아니었을 테고 말이다.

"검찰에서는 사형을 구형한다고 하더라고."

"그러겠지."

물론 한국은 실질적인 사형 폐지국이다.

그러니 그들이 죽을 일은 없을 것이다.

"죽은 사람들만 억울하지."

그들은 자신들이 죽인 사람들의 시신을 어디에 묻었는지 이야기했고, 경찰은 총력을 기울여 찾는 중이었다.

"나 같으면 죽여 버릴 텐데."

오광훈은 아쉽다는 듯 말했다.

하지만 노형진의 생각은 좀 달랐다.

"에이, 그건 아니지."

"너도 사형 폐지론자야?"

"아니. 개인적으로는 사형은 너무 쉽다고 생각해."

"그러면?"

"맘 같아서는 평생 고문 같은 거나 당했으면 좋겠지만 말이지."

사형수들은 잘 먹고 잘 잔다. 심지어 노역 대상도 아니다.

거기에다 교도소에서도 사형수는 건드리지 않는다. 설혹 그가 다른 사람을 또 죽인다 해도 변하는 게 없으니까, 그만큼 막나가기 때문이다.

"우리나라 법은 너무 물러."

노형진은 씁쓸하게 말했다.

"그리고 그 법이 또 미친놈을 만들지도 모르지."

왠지 노형진은 오늘은 나라의 미래가 걱정되는 기분이었다.

블랙리스트

엔터테인먼트조합.

노형진이 만든 조직으로, 지금은 연예계에서 강력한 힘을 발휘하고 있다.

작은 회사라고는 해도 그들이 뭉쳐서 거대한 집단을 이루었기 때문에 가능한 일.

그리고 그들이 같이 쓰는 공간은 대룡에서 폐교를 개조해서 지원해 주고 있었다.

처음에는 본건물만 쓰다가 지금은 아예 주차장을 따로 만들고 운동장에서 새로운 건물까지 올릴 준비까지 하는 상황이다.

노형진이 그곳이 만들 때 강력한 영향력을 행사했는데, 지금은 노형진이 생각도 못 했던 일이 벌어지고 있었다.

"아니, 양민 학살은 그만해, 이놈아."

"양민 학살이라니요?"

"네가 와서 괴롭히니까 애들이 숨도 못 쉬잖아."

연습실에서 아이들을 가르치던 강사 한 명이 사람 좋아 보이는 남자에게 툴툴거렸다.

그러자 그 남자는 입을 삐쭉 내밀었다.

"선생님, 제가 언제 애들을 괴롭혔다고 그러세요?"

"얀마, 네가 와서 애들 연기 가르치면 그게 양민 학살이다. 주연상만 네 개를 탄 놈이 와서 생초짜를 가르치면 애들이 배우겠니? 얼어붙지!"

"아니에요. 우리 애들이 저 얼마나 좋아하는데요! 그렇지?"

그는 지긋한 눈빛으로 연습생을 바라보았고 연습생은 격하게 고개를 끄덕거렸다.

"저게 긍정이냐? 그냥 살고 싶어서 하는 몸부림이지! 안 그렇습니까, 노 변호사님?"

"그래 보이네요, 하하하."

노형진은 그 모습을 보면서 웃었다.

진짜로 그렇게 보였으니까.

'그래도 분위기는 나쁘지 않네.'

소속사는 다르다고 하지만 연습실을 같이 쓰고 같이 어울린 덕분에, 조합에 속한 연예인들은 거리낌 없이 잘 지내는 편이었다.

당장 연기 지도한다고 와서 깐죽거리는 이 남자도, 다른 곳에서는 배우고 싶어도 못 배우는 사람이다.

미친 듯한 연기력으로 주연상만 네 번을 받은 사람이니까.

'그리고 회귀 전에는 없었던 사람이지.'

아마도 노형진 덕분에 이번 생에 삶이 바뀐 사람일 것이다.

"어? 왕섭섭, 내가 그렇게 가르쳤냐?"

"아닙니다!"

"그럼 여기가 안이지 밖이야?"

"그, 그게……."

"아오, 그만 좀 괴롭히라니까."

"킬킬킬."

대선배가 와서 저런 식으로 장난을 치면 분명 후임들은 얼 어붙는다. 하지만 나중에는 만들고 싶어도 만들 수 없는 인 맥이니 그것도 나쁘지 않다.

'뭐, 좋아 보이네.'

그냥 괴롭히는 장난이라고 하면 문제가 되겠지만 지금 그 는 나름대로 연습생들에게 연기를 가르치고 있는 중이니까.

그러니까 강사도 타박만 할 뿐 그를 진지하게 쫓아내지는 않고 있었다.

"연기라는 건 말이야, 내가 그 사람이다 생각하면 안 되는 거야. 왜냐? 그런 생각을 한다는 것 자체가 다른 사람이라는 거거든. 그러니까 제대로 연기하려면 평상시에도……."

"저거 또 썰 풀기 시작하네."

혀를 끌끌 차던 강사는 그에게 한 소리 했다.

"야, 서종태. 너는 가서 영화나 찍어."

"아오, 선생님. 제가 찍을 게 있어야 찍지요."

서종태라고 불린 배우는 입을 삐쭉 내밀었다.

"아니, 예약된 영화가 잔뜩 쌓여 있을 것 같은데요?"

노형진은 고개를 갸웃했다.

그는 연기력으로 정평이 나 있는 사람이다. 그런데 출연할
영화가 없다니?

'말이 안 되는데.'

그 정도 되는 사람이라면 영화를 골라 가면서 찍어야 정상
이다.

"영화가 없다고요?"

"뭐, 시나리오도 안 들어오고 CF도 없고."

서종태는 어깨를 으쓱했다.

"여기서 애들 군기 잡는 게 제일 재미있어요."

"저 쌍놈의 시키. 내가 저거 가르칠 때부터 알아봤어. 뺀
질거리기는."

그들은 사제지간이기에 티격태격했지만 노형진은 이해가
가지 않았다.

"아까 그게 무슨 말이에요, CF도 없다니?"

"누가 불러 줘야 말이죠."

"서종태 씨쯤 되면 못 모셔 가서 난리일 것 같은데요."

"그랬으면 좋겠네요. 하지만 이 쌍놈의 나라…… 아, 죄송. 이런 말 하면 안 되는데."

"쌍놈의 나라?"

노형진은 그가 그런 말을 하는 이유가 이해가 가지 않았다.

물론 그가 좋은 말 예쁜 말만 하는 사람이 아니라는 것쯤은 안다.

사실 그의 성격은 털털하고 주변에서 흔하게 보이는 소시민들과 비슷하다.

"우리 사장님이 그런 말 하지 말라고 했는데."

"사장님이 하지 말라고 했다고요? 뭔 일 있습니까?"

연기자 선생이 입맛을 다셨다.

"뭐, 소문이기는 하지만요."

"소문요? 무슨 소문요?"

"정부에서 블랙리스트를 뿌렸답니다."

"블랙리스트? 아아아."

노형진은 고개를 끄덕거렸다.

블랙리스트. 쉽게 말해서 제거 대상이나 불이익을 적어 두는 리스트를 뜻한다.

반대로 이익을 줄 리스트를 화이트리스트라고 한다.

'그러고 보니 영화 쪽도 이상하기는 하지.'

지금 영화계의 기류는 이상하다.

아무리 영화라는 게 분위기를 많이 탄다고 하지만 뜬금없이 국뽕 영화가 넘쳐 난다.

전에도 다른 곳에서 블랙리스트가 터지면서 사실상 정부에서 블랙리스트를 운영한다는 것은 정설이 되었다.

"그러고 보니 서종태 씨가 가장 마지막으로 찍은 영화가 뭐였지요?"

"〈부산 그날〉이라는 영화였죠."

〈부산 그날〉. 민주화 운동의 중요 사건으로 여겨지는 부산 마산 민주화 운동, 속칭 부마 민주화 운동을 영화화한 것이다.

'그랬군.'

노형진의 눈이 살짝 찡그러졌다.

부산과 마산. 그곳의 민주화 운동은 사실 그 위력에 비해 언론에서 찬밥 대우를 받는다.

광주 민주화 운동이 추앙받는 것과는 전혀 다른 상황.

이유는 간단하다.

지금 부산과 마산은 그 당시 집권당이었던 자유신민당의 텃밭이다. 아니, 텃밭 정도가 아니라 나라를 팔아먹어도 자유신민당이라는 말이 공공연하게 나오는 동네다.

'그걸 재조명해서 그 지역 시민들이 민주화 운동의 주역이었다는 걸 다시 일깨우고 싶진 않았겠지.'

하지만 서종태는 그 영화를 찍었다.

그리고 그건 현 대통령이 속한 당인 자유신민당 입장에서는 상당히 기분 나쁜 행동일 것이다.

'그러고 보니 나도 그 영화에 투자해서 돈 좀 만졌지?'

원래 역사에는 없던 영화지만 노형진은 그 영화가 가치가 있다고 생각해서 그 영화를 찍을 수 있게 지원을 해 줬다.

최종 관객 스코어 480만.

절대 적은 수는 아니었고, 노형진은 적지 않은 돈을 벌었다.

'그런데 그 이후에는 별게 없었네.'

자신이 바쁜 탓도 있지만 그 이후에 그 관련자들이 어떻게 되었는지 생각할 이유가 없었다. 영화 자체가 잘되었으니까.

'젠장.'

그런데 생각해 보니 그 당시 출연자 중에 지금 새로 영화에 출연한 사람이 없었다.

"뭘 그렇게 생각하세요?"

"아니요. 뭐 좀 생각해 보고 있습니다."

노형진은 턱을 문지르며 말했다.

"갑자기 몇몇 사람들이 궁금해서요."

⚖️

노형진은 이 사태에 대해 가장 잘 알 만한 사람을 찾아갔다.

단순 출연을 했던 서종태가 이 지경이라면 이 영화를 찍은 감독은 어떻게 되었을까?

그런데 노형진이 갔을 때 감독의 사무실은 딱지가 덕지덕지 붙어 있었다.

"무슨 일이 있었습니까?"

노형진은 이해가 가지 않았다.

〈부산 그날〉이라는 영화는 상당한 수익이 났다.

막말로 차기작 하나는 너끈하게 뽑을 수 있는 돈을 안겨 줬다. 그런데 압류를 뜻하는 빨간딱지라니?

"미안합니다. 이런 모습을 보이면 안 되는데."

퀭한 얼굴로 나타난 감독은 머쓱하게 얼굴을 문질렀다.

"아니, 그게 중요한 게 아닌 것 같은데요. 도대체 무슨 일이 벌어진 겁니까?"

"그게…… 세무조사를 당해서……."

"세무조사요?"

"네."

세무조사는 할 수 있다. 하지만 노형진은 모든 걸 깔끔하게 다 처리한 걸로 알고 있었다.

물론 일부가 누락됐을 수도 있다.

법적으로 절세지만, 정부 입장에서는 탈세라고 볼 수도 있다.

하지만 그렇다 해서 사람이 이렇게 피가 말라 가는 모습이 되었다는 게 이해가 가지 않았다.

그가 번 돈이 얼만데?

"혹시 그사이에 다른 영화를 찍었다가 망했나요?"

그랬다면 충분히 그럴 수 있다. 노형진이 영화에 투자를 즐겨 하기는 하지만 모든 영화를 다 아는 건 아니니까.

"그건 아닙니다. 영화를 찍고 싶어도, 시나리오를 받아 주는 곳이 없어서요."

"그런데 왜 이래요?"

"계좌가 동결되었거든요."

"계좌 동결요?"

"네. 하하하."

노형진은 눈을 찌푸렸다.

계좌 동결. 쉽게 말해서 돈을 빼지 못하게 묶어 둔다는 거다.

'하지만 세무서에서 그러는 경우는 거의 없는데.'

세금이 미납되면 그만큼 압류를 해 가거나 경매를 해 버리지, 계좌 동결은 잘 쓰지 않는다.

계좌가 동결되면 상대방은 망하기 때문이다.

거기까지 생각이 미치자 노형진의 입에서는 한숨이 나왔다.

대충 상황이 이해가 가기 시작했다.

"정부에서 무슨 소리를 했군요."

"……."

안 봐도 뻔하다. 영화는 감독의 사상적 예술 작품이다. 아무리 상업 영화라고 해도 사상이 들어가지 않을 수는 없다.

'그리고 그런 사람이 계속 활동하면 자신의 사상이 들어간 영화를 계속 만들 테지.'

노형진은 정부에서 나선 이유를 알 것 같았다.

하물며 영화가 쫄딱 망했다면 모르겠는데, 나름 선방을 했다.

그런 만큼 정부 입장에서는 입안이 쓸 수밖에 없다.

"저한테는 공격이 들어오지 않아서 몰랐습니다."

하긴, 노형진에게 공격을 하지는 못할 것이다.

그랬다가는 나라가 흔들릴 판일 테니까.

"그러면 다른 사람들은 어떻게 되어 갑니까?"

"그게……."

"사실대로 말씀해 주십시오, 박중수 감독님. 그래야 제가 돕지요."

"네? 도와주신다고요?"

박중수는 깜짝 놀랐다.

돕겠다니? 그게 무슨 소리인가?

"아니, 그러면 큰일 나십니다."

"큰일 안 납니다. 저 공격 안 받았습니다. 그게 무슨 뜻인지 모르시겠습니까?"

정부에서는 노형진을 두려워한다. 즉, 노형진이 돕겠다고 나서면 그들은 어떻게 막을 수가 없다는 것이다.

'내가 알고도 그냥 넘어갈 줄 알았나?'

노형진은 어지간하면 정치와는 선을 그으려고 노력하고 있다.

하지만 그건 정치인들과 친하게 지내지 않는다는 거지, 자신을 공격한 사람에게까지 고개를 숙이겠다는 뜻은 아니다.

'내가 직접적으로 공격당한 건 아니지만.'

이런 식으로 영화계가 공격당하면 당연하게도 이후에는 오로지 특정 정당, 특정 사상을 찬양하는 영화만 나올 테고, 영화에 투자할 생각을 접지 않는 한 노형진도 결국 그런 영화에 투자하게 될 것이다.

결과적으로 노형진이 그들을 도와주게 되는 셈이다.

'그런 나라가 하나 있지.'

다름 아닌 북한.

그곳은 당과 수령을 찬양하는 영화가 아니면 만들 수도 없다.

'아이러니하군.'

북한을 가장 혐오하는 정권이, 하는 짓거리는 북한과 가장 비슷하게 움직인다. 그들이 물고 빨고 하는 미국은 대놓고 방송에서 전쟁터에서 미쳐 가는 병사들과 그들에게 한 치의 관심도 없는 부패한 정치 관료들에 관한 드라마를 찍어서 틀어 주는데 말이다.

"하지만 너무 위험합니다."

노형진은 살짝 웃었다.

"압니다. 하지만 사람은 많은 걸 봐야 하지요."

"그게 무슨 말씀이신지?"

"사람은 배움으로써 사상을 가집니다. 그리고 한국은 전 세계적으로 책을 가장 적게 읽는 나라 중 하나죠. 그 대신에 인터넷과 문화시설에서 관련 정보를 읽어 냅니다."

"그런데요?"

"그런데 거기에 나오는 내용이 하나뿐이면 어떻게 바른 사람이 되겠습니까?"

"……."

"보수나 진보의 문제가 아닙니다. 보수라고 잘못된 것도 아니고 진보라고 다 바른 것도 아니니까요."

각각 장점이 있고 단점이 있다.

진보 정권도 겪어 본 노형진 입장에서, 진보 정권의 병신 짓을 모르지는 않는다.

"하지만 그걸 판단하는 건 오로지 국민의 몫이지요."

문제는 그 판단 자체도 못 하게 하려는 현 정부의 행동이다.

"이건 정치적 행동이 아닙니다. 법률적으로 인간의 기본권에 관한 문제지요."

모든 국민은 사상의 자유를 가진다. 헌법에 분명 적혀 있는 내용이다.

"하지만 현 정권에서는 그걸 부정하고 있지요."

노형진이 화가 난 부분이 그거다.

헌법에 분명 적혀 있는 내용인데 그걸 부정하고 헌법을 무력화시키려고 하는 정부의 행동.

변호사로서, 법조인으로서, 그냥 두고 볼 수는 없었다.

회귀했을 때 잘못된 건 잘못되었다고 이야기하기로 마음

먹었던 노형진이다.

"기본권이라고요?"

박중수는 그 말을 곱씹었다. 그 부분은 생각하지 못했으니까.

"전 영화에 많이 투자했습니다. 제가 설마 박중수 감독님에게만 투자했겠습니까? 저 〈평화시장〉에도 투자한 사람입니다."

〈평화시장〉. 사상적 관점에서 보면 〈부산 그날〉과 정반대에 있는 영화다.

〈부산 그날〉이 부산에서 일어난 부마 민주화 운동을 그린 영화라면, 〈평화시장〉은 그 당시 대통령 집도하의 경제 발전을 그린 영화다.

"사람들은 법을 다루면 진실을 다룰 거라고 생각하지요. 하지만 세상에는 진실이 없는 사건이 넘쳐 납니다. 선과 악이 없는 사건도 많고요. 둘 다 선일 수도 있고, 둘 다 악일 수도 있습니다."

"……."

"그걸 판단하는 건 정치인이 아닙니다. 우리죠. 그 권리를 막는 건 전 반대입니다."

두 사기꾼이 서로를 속였다면, 둘 중 누가 선이라고 할 수 있겠는가?

혹은 전 재산을 투자한 동업자들이 망해 가는 사업 때문에 서로 싸운다면, 둘 중 누가 악이라고 하겠는가?

"판단은 국민이 해야 합니다."

"하아."

결국 박중수는 머리를 부여잡았다.

"사실 전 노변호사님이 하시는 그런 말씀, 잘 모르겠습니다. 저도 정치적인 신념이 있다고 생각했는데 막상 일이 이렇게 되니까 지금이라도 청와대에 가서 무릎 꿇고 빌고 싶습니다."

"정치적 신념이라는 게 그런 거죠."

정치고 나발이고 신념이고 나발이고, 국민들에게 가장 중요한 것은 본인들이 잘 먹고 잘 사는 것이다.

"그래서 도와드리려고 하는 겁니다."

"염치가 없어서……."

"염치나 자존심은 제 새끼 입에 들어가는 밥 한 숟가락만도 못한 겁니다, 감독님."

박중수는 고개를 푹 숙였다. 노형진의 말이 진짜 가슴으로 와닿았기 때문이다.

돈이 있으면 뭐 하나, 자기 아이 분유값도 못 내서 돈 빌리러 다니는데.

"일단은 돈이 얼마나 필요하십니까?"

노형진은 지갑을 꺼내며 말했다.

⚖

"아주 개판이네."

노형진은 혀를 끌끌 찼다.

박중수는 일단 다급한 돈을 메꾸기 위해 2억을 빌려 갔다.

그리고 노형진에게 그 당시 촬영에 협조했던 사람들의 상황을 알려 줬다.

"주요 배우들은 그냥 출연이 막혀 버렸고."

주연 조연 할 것 없이 방송이고 영화고, 출연이 다 막혀 버렸다. 촬영 당시 촬영 장비를 빌려줬던 장비 대여 회사는 부도 직전이고, 엑스트라를 동원해 줬던 엑스트라 회사는 이미 부도가 났다.

OST를 불러 줬던 가수도, 방송 출연뿐만 아니라 CF도 막혀 버렸다. 심지어 행사조차도 끊겨 버렸단다.

공격을 받지 않은 것은 단 하나, 투자자들뿐이었다.

"자본가들이라 이건가?"

노형진은 머리를 긁적거렸다.

사실 자본가들은 현 정권과 친한 경우가 많으니까.

"와, 씁. 이거 답이 안 보이네. 제대로 본보기로 삼겠다 이건데……."

정권의 블랙리스트 관리는 사실 생각보다 치밀하다.

특히 자유신민당은 그게 심한 편이다. 상황을 보아하니 아주 대놓고 하겠다는 거다. 이제는 감출 생각조차도 하지 않는 지경이다.

"아무래도 이건 우리가 어쩔 수 없겠는데."

송정한은 노형진에게 걱정스럽게 말했다.

"우리도 공격하고 싶지만 명확한 증거가 없어. 자네도 알다시피 이런 건 애매하지 않나?"

인기가 떨어지면 당연히 출연 횟수도 떨어지기 마련이다.

그리고 스크린에서 보이지 않으면 당연히 인기가 떨어지기 마련이고.

"이런 경우는 인기가 떨어져서 안 나오는 건지 블랙리스트 때문인지 증명이 애매하거든."

"하긴, 그렇겠지요."

회귀 전에도 그걸 증명하느라고 국정원까지 뒤졌었다.

그냥 출연이 막혔다고 정권을 탓할 수는 없다.

"더군다나 우리가 공격한다고 해도 이빨이나 들어가겠나? 언론에서도 틈만 나면 우리를 빨갱이라고 몰아붙이는 판국에."

송정한은 씁쓸하게 웃으며 말했다.

"상황이 이런데 당 내부에서는 자기들끼리 싸우고 있으니."

"아직도 그런가요?"

"내가 무슨 부귀영화를 누리겠다고 여기에 들어왔는지 모르겠네."

야심차게 정치를 바꾸겠다고 들어왔지만, 그의 눈에 보인 것은 외부의 적을 두고 자기들끼리 싸우는 꼴이었다.

"자기 의견이랑 다르면 무조건 프락치로 몰아가더군. 이걸 자유신민당에서 노린 건지는 모르겠지만, 어찌 되었건 확실하게 분열시켜 놨어."

고개를 흔드는 송정한.

"이래서는 자유신민당이랑 다를 바가 없지 않나?"

"그건 그렇죠."

노형진은 고개를 끄덕거렸다.

"옛말 틀린 게 하나도 없다니까요."

"그, 보수는 부패로 망하고 진보는 분열로 망한다?"

"네."

"하아."

송정한은 한숨만 푹 쉬었다.

마음 같아서는 차라리 다시 새론으로 돌아가고 싶었다.

변호사를 하면서 온갖 더러운 꼴은 다 봤다고 생각했는데
그보다 더 더러운 세상이 있을 줄이야.

"결국 정치권의 힘을 빌리기는 힘들다는 거군요."

"턱도 없을 걸세. 지금 당권 경쟁 때문에 다들 현실이 눈
에 안 보여."

"끄응."

노형진은 턱을 문질렀다. 정치권을 통해 좀 쉽게 해결할까
했는데 턱도 없는 상황인 듯했다.

'하긴, 어쩔 수 없지.'

정치권이 제대로 일한다는 것 자체가 어떻게 보면 불가능
한 일인지도 모른다.

"더군다나 청와대가 직접 끼어들었으면 언론 플레이 같은 걸 해 봐야 의미가 없을 걸세."

"언론에서도 일절 이야기하지 않겠지요."

"그래. 사실 지금 진보 언론들도 다 보수로 넘어간 지 오래되지 않았나?"

"그건 그렇지요."

사람들이 잘 모르는 사실. 그것은 소위 진보라고 불리던 언론이 대부분 사실상 보수로 넘어갔다는 것이다.

그들은 이미 진보라는 가면을 쓰고 보수의 활동을 하고 있다.

"코리아 타임라인은 어떤가?"

"글쎄요. 그들이라면 좀 나은 편이기는 한데……."

노형진은 살짝 눈을 찌푸렸다.

언론을 개혁하기 위해 만들어진 코리아 타임라인.

분명 기존의 세력보다는 훨씬 나은 편이다.

그들이라면 이야기는 해 주겠지만…….

"아직 세력이 약해서요. 그리고 이야기를 들어 보니 공격을 심하게 당하는 모양이더군요."

"그럴 걸세."

코리아 타임라인이 언론을 개혁하는 방법은 간단하다.

취재 대상에 기자를 넣은 것뿐이다.

기자들의 결탁은 아주 강력하다.

어느 정도냐면, 모 언론사에서 기자가 다른 기자를 두들겨 패서 죽이는 사건이 났다. 상식적으로 그걸 기사화해야 하는데, 그 언론사는 물론 평소에 그 언론사와 원수나 다름없던 적대 언론사조차 그 사실을 감췄다.

노형진이 보기에 기자들은, 소속과 관련 없이 거대한 권력 단체일 뿐이었다. 한국의 언론에서 진실을 찾는 것만큼 멍청한 짓이 없을 만큼 말이다.

"결국 개싸움이 되기는 했지."

코리아 타임라인이 기자들을 취재하기 시작하자 여러 부패 기자들이 처벌받았고, 보복으로 상대방 언론사들은 코리아 타임라인 기자들을 괴롭히고 있었다.

"지금은 제 쪽을 도와줄 능력이 좀 약할 것 같네요."

"그러면 방법이 없는 건가?"

"방법이 없는 건 아니죠."

노형진은 머리를 긁적거렸다. 방법이 없는 건 아니다. 하지만 자존심 상하는 일이라서 안 하고 있을 뿐.

⚖

"저보고 빌라고요?"

박중수는 노형진의 말에 깜짝 놀랐다.

"제가 빈다고 봐줄 리가 없지 않습니까?"

"당연히 안 봐주겠지요."

"그런데 비는 게 무슨 의미가 있습니까?"

"비는 대상은 청와대지만 그걸 보는 건 다른 사람들이죠."

"네?"

"공개적으로 비는 겁니다."

"공개적으로?"

박중수는 곤혹스러운 표정이 되었다.

도무지 이해가 가지 않았기 때문이다.

"전에 말씀하셨지요, 지금 상황을 벗어날 수만 있다면 청와대에 가서 빌 수도 있다고?"

"네."

"그러니까 가서 비는 겁니다."

"그런다고 봐줄 리가……."

노형진은 씩 웃었다.

당연히 그런다고 해서 청와대에서 봐주지는 않는다.

"하지만 그게 이슈가 되면 이야기가 달라지죠."

"네?"

"자기를 보호하는 방법은 두 가지가 있습니다. 하나는 자신을 꼭꼭 감추는 것. 그런데 이 경우는 불가능하죠."

이미 그는 드러난 공인에 가깝다.

"나머지 하나는 자신을 드러내는 것."

아예 대놓고 드러내면 건드리고 싶어도 못 건드린다.

"지금도 충분히 드러난 것 같은데요?"

"그걸로는 부족하죠."

노형진은 턱을 문지르며 말했다.

"여러 방법을 알아봤습니다. 언론사 쪽에도 알아봤고요. 하지만 파급력이 약할 거라는 게 모두의 의견입니다."

제보를 해도 그걸 이야기할 만한 곳은 코리아 타임라인과 일부 인터넷 언론사들뿐이다. 그들이 이야기한다고 해도 정부에서는 그런 뉴스를 덮어 버릴 많은 방법을 가지고 있다.

"아마 언론에 나간다고 해도 바로 연예인 스캔들 하나 터지겠지요."

"으음……."

즉, 언론을 통해 그들을 굴복시키거나 지금 상황을 타개하는 건 방법이 없다는 거다.

"인터넷 방송을 말씀하시는 거라면……."

"압니다. 무리일 겁니다."

아무리 대룡이라고 할지라도 정권의 눈치를 전혀 보지 않을 수는 없다. 만일 박중수를 고용하거나 한다면 그 공격 대상은 다름 아닌 대룡으로 바뀔 것이다.

"그러니 그들에게 부탁할 수는 없습니다."

"그러면요?"

"당연히 인터넷이지요."

"인터넷이야 막으면 그만 아닌가요? 제가 거기에 항의를 한다고 해도……."

"저기, 착각하시는 것 같은데."

노형진은 머리를 긁적거렸다.

하긴, 요즘 같은 시대에 노형진이 말하는 사과를 이해하는 사람은 없을 것이다.

"저는 빌라고 했지 항의하라고 한 적 없습니다."

"네? 하지만 방금 인터넷에서 이야기하라고……."

"그게 항의하라는 건 아니죠."

노형진은 씩 웃었다.

그리고 계획을 차분하게 설명했다.

"혹시 말입니다, 박중수 씨. 자아비판이라고 아십니까?"

"아니, 그걸 모를 리는 없지요."

자아비판. 북한의 강제 통치 방식이다.

쉽게 말해서 자신의 죄를 자백하는 건데, 천주교에서 행하는 고해성사와 행동 자체는 비슷하다.

하지만 고해성사와 자아비판은 죄를 고한다는 것만 같고 나머지는 전혀 다르다.

고해성사는 자신의 죄를 스스로 신부에게 말하면서 뉘우치고 그 죄를 다시는 저지르지 않겠다고 하는 것이다.

당연히 스스로에 대한 반성과 후회가 들어 있고, 그걸 들은 신부는 그 죄를 누구에게도 말하지 않는다.

고해성사실은 아예 서로가 얼굴을 못 보도록 되어 있다.

그러니 익숙한 사람이 아니면 그가 누군지도 알 수가 없다.

하지만 자아비판은 다르다.

자아비판은 혼자서 하는 게 아니라 다수의 사람 앞에서 한다.

그것도 자발적인 게 아니다. 당에서 나온 사람이 "동무, 자아비판 하시오."라고 하면 무조건 해야 한다.

만일 할 게 없으면 거짓으로 만들어서라도 해야 한다.

그러지 않으면 거짓말하는 반역자로 끌려간다.

그걸 모두의 앞에서 해야 하기 때문에 인간적 존엄이나 존중은 전혀 없고 자존감도 떨어진다.

즉, 사람을 망가트리는 도구로서, 죄를 고하게 하는 것이다.

"그걸 하시면 됩니다."

"제가 자아비판을 하라고요?"

박중수는 이해가 안 간다는 듯한 표정이 되었다.

상식적으로 자신이 자아비판을 할 이유가 뭐란 말인가?

"저는 잘못한 게 없는데."

"중요한 게 그겁니다. 박중수 감독님은 잘못한 게 없죠."

"그런데요?"

"그런데 살기 위해 자아비판을 하면 어떻게 될까요? 그것도 정부의 압력에 의해 말이죠."

"아……."

그제야 박중수는 이해가 갔다.

자아비판. 그건 북한이 욕먹는 이유 중 하나다.

쉽게 말해서 국제적 인권의 문제다.

"한국에서는 그러한 자아비판을 욕하는 사람들이 많지요. 사실 그걸 가지고 언론의자유가 있다고 떠드는 사람들도 많고요."

물론 그건 노형진이 보기에는 개소리다.

한국에는 언론의자유가 없다.

"제가 정부에 굴복해서 자아비판을 한다면?"

"곤란해지는 건 정부죠."

현 정부는 어떻게 해서든 자신들의 과거를 감추기 위해 국격을 외치면서 외부에 한국이 좋은 나라라고 홍보하고 있다.

"그런데 그들에게 굴복해서 자아비판 하는 사람이 나오면 어떻게 될까요?"

"엄청나게 부담이 되겠네요."

자아비판을 한다는 것.

그건 국가의 자유를 부정한다는 의미이고, 북한을 비인도적 국가라고 주장하는 현 정부 입장에서는 골치 아픈 문제다.

"당의 명령에 따라서 자아비판을 한다, 그게 외부에는 어떻게 그려질까요?"

"하지만 당의 명령 같은 건 없었는데요."

"물론 없지요."

노형진은 씩 웃었다. 아무리 정부가 미쳐도 자아비판을 하라고 하지는 않을 것이다.

"하지만 지금 벌어지고 있는 현실은 존재하지요."

영화 하나 만들었다는 이유로 출연이 막히고 자금이 막히고 계좌가 명확한 이유도 없이 동결됐으며 회사가 망했다.

"재미있는 게, 이런 경우는 배경이 정부와 당이라는 거죠."

북한에서는 공산당이 정부와 혼연일체다.

당연히 당의 명령이라고 하면 거절할 수 없다.

"만일 박중수 씨가 당의 명령대로 자아비판을 한다고 하면 자유신민당은 어떨까요?"

당혹스러울 것이다.

졸지에 자신들이 공산당과 같은 급이 되는 거니까.

"하지만 이건 국가에서 한 일인데요?"

"압니다. 그래서 제가 당을 언급한 겁니다."

"네?"

"이건 국가에서 한 일이죠. 하지만 국가에서 시키는 대로 한다고 하면 저쪽에서는 할 말이 많습니다."

탈세범이다. 법적인 부분으로는 문제가 없다.

왜 인기가 떨어진 걸 나에게 탓하느냐.

국가는 강력한 힘을 가진 곳이고, 그들은 이 나라의 법을 집행하는 집단이니까.

사실 국가는 선거 때만 아니라면 국민들의 지지 따위는 필요 없다.

"하지만 당은 아니죠."

정당이라는 것은 국민들의 지지 위에 서 있는 자들이다.

엄밀하게 말하면 국가와 정당은 별개다.

"제가 노리는 게 바로 그겁니다. 엄밀하게 말하면 별개지만, 당의 명령으로 한다. 즉, 국가를 운영하는 것은 당이다. 딱 북한 같지 않습니까?"

노형진은 북한과 같은 독재 정권이라는 프레임을 씌우려고 하는 것이다.

"여기서 자유신민당이 선택할 수 있는 것은 세 가지입니다."

첫째, 무시한다.

물론 그건 사실상 자유신민당이 대한민국을 지배하는 독재 세력이라는 걸 인정하는 것이다.

둘째, 고소한다고 지랄하면서 괴롭히는 데 더욱 박차를 가한다.

그런데 이런 경우 일단 법의 적용이 애매해지는 데다가 실제로 박중수를 비롯해서 영화 〈부산 그날〉에 출연했던 사람들이 당한 게 사실이니, 외부에서 보기에는 독재 집단이 독재를 더욱 가열차게 하는 것으로 보인다.

"셋째, 그걸 부정하고 당에서 해결하려고 나선다."

"아……."

자유신민당의 프락치 출신인 현 대통령은 그들의 말을 거절할 수가 없다.

당 차원에서 이 문제를 파고들면서 대통령을 압박하면 그는 블랙리스트를 풀 수밖에 없다.

"물론 박중수 씨의 자존심은 완전히 박살 날 겁니다. 하지만 그것 이상으로 상대방에게 압력을 행사할 수 있지요."

"압력⋯⋯."

"압력이라는 게 그냥 소리 지르고 시위하고 머리 **빡빡** 깎는다고 되는 게 아니거든요."

그러한 행동들은 자신의 자존심을 지키면서 압력을 행사하는 방식이다.

아예 위력이 없는 건 아니지만 누구나 하는 방식이라서, 아주 큰 위력을 가지지는 않는다.

'쌍팔년도도 아니고.'

옛날에는 머리를 **빡빡** 깎는다는 행동이 중대한 결정을 내리는 방식이었지만, 현대에는 멀쩡한 머리도 패션이라고 밀어 버리는 사람들이 많다.

"그렇다고 여기서 단식투쟁이라도 하실 겁니까?"

해 봐야 의미가 없다.

언론은 철저하게 정부 편을 들고 있으니 이슈화도 안 될 테고, 어떻게 된다고 해도 탈세로 인해 조사받는 사람이 처벌을 면하기 위해 하는 행동이라는 정부의 말 한마디면 상황은 완전히 반전된다.

아직까지 국민들은 범죄자에 대해서는 관대하지 않다.

실제로 범죄자들이 자기 범죄를 은폐하기 위해 단식투쟁 같은 걸 한 것도 사실이고.

"하지만 한국은 약자에 대해 관대해야 한다는 일종의 정신

병이 있지요."

"정신병요?"

박중수는 눈을 찌푸렸다.

"네, 정신병요."

"아니, 그게 왜 정신병입니까?"

"약자가 선한 자는 아니니까요. 나름 진보 측 인사이시니 언더도그마에 대해 모르지는 않으실 텐데요?"

박중수는 아무런 말도 못 했다.

언더도그마Underdogma.

약자는 선하고 강자는 악하다는 믿음.

그리고 자칭 진보 운동을 하는 자들이 가장 먼저 만나는 위기이기도 하다.

"저는 엄청난 부자입니다. 세계적으로도 권력을 행사할 수 있고 정부도 저에게 마음대로 할 수가 없지요. 그러면 저는 악당인가요?"

"그건……."

"얼마 전에 세입자가 밀린 월세를 달라고 했다는 이유로 건물주를 습격한 사건이 있었지요. 그러면 그 세입자는 선한 자입니까?"

"돈이 없으면 월세를 못 낼 수도 있는 거 아닌가요?"

"130평짜리 식당을 하시는 분이요? 그 사건 못 보셨나 보군요. 하긴, 진보 측에서 이런 건 슬쩍 감추죠."

그는 130평짜리 가게를 운영한다.

건물주보다 분명 약자이기는 하지만, 일반인보다 훨씬 돈이 많은 것도 사실이다.

"더군다나 그는 정부에서도 인정한 탈세범이었습니다."

장사가 안되는 것도 아니다.

그 가게에서 나오는 한 달 순수익만 1억이 넘었다.

"끄응……."

"약자에 대한 배려가 필요한 게 아닙니다. 선한 자에 대한 배려가 필요한 거죠."

"그런데 그거랑 저랑 무슨 관계라는 건가요?"

"약자에 대한 보호라고 하면 사람들은 눈을 까뒤집고 덤비거든요."

언더도그마. 한국 진보에 퍼져 있는 일종의 정신병.

그는 정부와 자유신민당에 비해 약자이고, 그가 빌기 시작하면 싸움과 관련 없이 이슈를 타기 위해 진보 측에서 매달릴 것이다.

"보수 쪽에서는 자기들에게 씌워진 억울한 누명을 벗기 위해서라도 움직일 테고요."

결국 정부는 정당과 반대되는 위치에 서게 된다.

그리고 아무리 현 정부가 막나간다고 해도 그들을 무시할 수는 없다.

"그러면 제가 가서 어떻게 빌어야 하나요? 기자회견을 해야 하나요, 잘못했다고?"

"아니요."

노형진은 고개를 흔들었다.

"아까 말씀드렸잖습니까, 자아비판 하시라고."

노형진의 말에 박중수는 그의 말을 전혀 이해하지 못하겠다는 표정을 지을 수밖에 없었다.

사람들은 자아비판이 북한 특유의 문화라고 생각한다.

하지만 역사적으로 보면 자아비판은 19세기 말에 혁명가들이 자신 스스로에게 엄격하게 하기 위해 만들어진 운동 방식이다.

쉽게 말해서 자신을 자신이 아니라 객체로 보고 자신의 행동을 돌아보며 그 행동이 자신의 신념과 맞는지 끊임없이 되새기기 위한 방식이었던 것이다.

물론 인간이 만든 것이 다 그렇듯이 지금에 와서는 뻘짓의 대명사가 되어 버렸지만.

"지금은 자아비판 하면 다들 북한을 생각하죠. 사실 중국에서도 자아비판은 제법 많은 편인데요. 주로 공산국가들이 많이 쓰는 건 사실입니다. 그리고 그게 제가 노리는 거죠."

노형진은 그렇게 말하면서 송정한을 바라보았다.

"이제 송 대표님, 아니 송 의원님이 나설 차례입니다. 박중수 씨가 자아비판을 끝내고 나면 그걸 정치권으로 가지고 가셔야 합니다."

"자아비판이라…… 허."

송정한은 혀를 내둘렀다.

자아비판이라는 방식은 전혀 예상하지 못했으니까.

"이거 효과 있겠나?"

"있을 겁니다. 현 정부는 지금 유엔에서도 상당히 관심 있게 보고 있는 중이거든요."

정권의 이득을 위해 인권을 탄압하는 국가로 의심받고 있는 상황에 자아비판이 터진다면 외부에서 어떤 시선을 보낼지는 뻔하다.

"드디어 시작하네요."

드디어 박중수가 무대 위로 올라왔고 기자들은 너도나도 사진을 찍기 시작했다.

'하지만 역시나군.'

오늘 기자회견을 한다고 분명 언론에 뿌렸다.

그럼에도 불구하고 사람들의 숫자는 그다지 많지 않았다.

그나마도 정권과 사이가 안 좋은 일부 매체와 노형진이 만든 코리아 타임라인 정도만 왔지, 친정권 언론에서는 단 한 명도 오지 않았다.

'이게 참 심각한 문제네.'

그들이 안 온 거? 그건 문제가 안 된다. 기사의 내용을 결정하는 건 언론사니까.

문제는 기자회견을 한다는 것만 알렸지 어떤 내용인지는 알리지 않았다는 것이다.

그래도 흥행한 영화의 영화감독의 기자회견이다.

최소한 신작 제작에 들어간다는 가능성은 생각해야 하기 때문에 연예계 기자라도 와야 한다.

그런데 단 한 명도 오지 않았다는 것.

'블랙리스트에 대해서도 알고 있다는 거지.'

그럼에도 불구하고 그들은 입을 다물고 있다는 것을 뜻한다.

아니, 이 정도면 적극적으로 돕는다고 봐야 한다.

'하여간 이놈의 나라에는 제대로 된 언론이 없어요.'

노형진이 고개를 흔드는 사이 무대 위에서는 박중수의 기자회견, 아니 자아비판이 시작되었다.

"저는 여기에 당의 명령으로 자아비판을 하러 왔습니다."

"당? 뭔 당?"

"잠깐, 이게 뭔 소리야? 당이라니?"

"자아비판? 북한의 그거?"

"그러면 북한에서 자아비판을 시켰다는 거야?"

기자들은 어리둥절한 눈치였다.

하긴, 한국 기자회견에서 자아비판이라는 말을 들을 일은 없으니까.

그들은 무슨 간첩 자수쯤으로 생각하는 듯했지만, 이내 나오는 내용은 그들의 상상을 넘어섰다.

"저는 자유신민당의 기분을 거스르고 그들의 명령을 거절했습니다. 당에서는 그런 저를 자본에 굴복한 돼지라 부르고 자아비판과 더불어 당과 각하의 찬양 영화를 만들 것을 요구했습니다. 저는 그 은혜를 모르고 어리석음으로 덤벼들어 저와 제 친지와 가족들 그리고 제 영화에 출연한 모든 사람들에게 크나큰 피해를 입혔습니다. 제가 어리석었습니다. 당에서는 저에게 기회를 주기 위해 한 말이었는데……."

"아니, 이게 무슨 소리야?"

"자유신민당에서 자아비판을 요구했다고? 그게 말이나 되나?"

"하지만 증거도 없이 저런 기자회견을 할 리가 없잖아?"

패닉에 빠진 국내 기자들.

그와 반대로 눈에 불을 켜고 녹음하고 사진을 찍은 뒤 속보로 날려 대는 외신 기자들.

"이거 북한식 탄압 맞지?"

"맞는 것 같은데?"

"이야, 지금 한국에서 뭔 일이 벌어지고 있는 거야?"

외신 기자들은 지금 상황이 흥미로웠다.

이 정도면 자국 내에서도 1면 톱기사로 나갈 수 있는 뉴스였다.

그러는 사이에 박중수는 계속 자아비판을 이어 갔다.

물론 자아비판이라고 해 봐야 결국 자신이 한 행동, 그러니까 진보 계열의 영화를 찍은 것에 대한 후회와 반성에 대한 이야기였지만.

'이렇게 되면 진보 쪽 입장에서는 자기들끼리 못 싸우거든.'

진보 인사가 압력을 받아서 자아비판까지 할 정도가 되었다.

그런데 그걸 놔두고 자기들끼리 멱살 잡고 싸우면 진보 쪽 지지는 무참하게 무너질 것이다.

'내부의 싸움을 멈추는 가장 좋은 방법은 외부에 강력한 적을 만들어 주는 거지.'

그리고 이 정도면 어마어마한 위협이다.

진보 인사가 그들의 압력에 굴복해서 보수로 넘어간다는 뜻이고, 그 말은 장기적으로 그런 사람이 한두 명이 아니게 될 거라는 의미니까.

"저는 당의 명령대로 당과 각하를 찬양하는 영화를 만들겠습니다."

당의 명령대로라는 말. 그 말은 어마어마한 충격이었다.

물론 전혀 이런 말을 들어 본 적이 없는 자유신민당 입장에서는 미치고 환장할 노릇이겠지만.

'마지막 하이라이트가 남았지.'

만일 여기까지만 하는 거라면 자아비판이 아니라 그저 기자회견 정도일 것이다.

심경의 변화를 말하는 정도의 기자회견.

하지만 사람들의 경악은 지금부터였다.

"제발 살려 주십시오. 제가 잘못했습니다. 제발 한 번만……
한 번만 용서해 주십시오. 다시는 안 그러겠습니다."

박중수가 기자들 앞에서 무릎을 꿇은 것이다.

그리고 자신의 뺨을 스스로 사정없이 치기 시작했다.

"제가 멍청하고 어리석었습니다. 당의 명령을 어긴 제가
죄인입니다. 저 스스로 이렇게 빌 테니 한 번만…… 제발 한
번만 살려 주십시오."

"어어?"

"뭐 하는 거야?"

사람이 모두가 보는 앞에서 스스로 뺨을 때린다는 것.

그건 절대 쉬운 일이 아니다.

자존심이고 자존감이고 다 버려야 한다.

사람은 스스로 때리려고 한다고 해도 자신도 모르게 살살
때리거나 최대한 힘을 뺀다. 하지만 지금 박중수는 진짜 풀
파워로 자신의 뺨을 때리고 있었다.

그리고 그걸 기자들은 미친 듯이 찍어 댔다.

"오늘 밤부터 인터넷은 아주 난리가 나겠군."

송정한은 씁쓸하게 말했다.

"난리가 날 겁니다, 후후후."

경악하는 기자들의 모습을 보면서 노형진은 피식 웃었다.

"하지만 자유신민당은 더 난리가 날걸요."

⚖

"이거 어떻게 된 겁니까!"

자유신민당 회의실.

국회의원들과 당의 주요 인사들이 모여서 긴급하게 회의를 하고 있었다.

"우리가 자아비판을 시켰다고? 와, 미치겠네. 그게 말이나 됩니까!"

"거기에다 우리가 영화까지 만들라고 했답니다."

"아니, 그게 대체 무슨 소립니까?"

자유신민당 입장에서는 날벼락이나 다름없는 일이었다.

자신들은 정부에서 하는 블랙리스트 정책을 모른 척하면서 조용히 꿀을 빨려고 했다.

그런데 그 불똥이 자신들에게 튀었다.

아니, 불똥 정도가 아니라, 불을 지른 건 저쪽인데 정작 타들어 가는 건 이쪽이다.

"이거 거짓말이라고 주장하세요!"

"그게 안 됩니다. 이미 영화 시나리오까지 다 나와 있습니다."

"영화 시나리오까지?"

"네. 각하가 청와대에 들어온 간첩을 때려잡는다는 시나리오랍니다."

"뭔 개소리예요!"

영화 시나리오는 뚝딱하고 나오는 게 아니다.

그런데 시나리오까지 나왔다고 하면 심각한 문제다.

"심지어 그 영화를 제작하기 위해 영화 자금까지 투자받기 시작했답니다."

"뭐요?"

자유신민당의 당 대표인 박팔수는 머리가 지끈거렸다.

"이게 뭔 개 같은……."

안 그래도 기자회견, 아니 자아비판으로 인해 문제가 심각한데 박중수는 그걸로 끝내지 않았다.

그는 자유신민당 앞에서 무려 여덟 시간 동안 살려 달라고 무릎을 꿇고 두 손으로 싹싹 빌었다.

당연히 거기서도 자신의 뺨을 때리면서 자아비판을 했다.

"이거 어쩔 겁니까? 네?"

이건 자기들이 막을 수 있는 수준의 뉴스가 아니다.

사이가 좋은 주요 일간지는 이 소식을 일절 전하지 않았지만 다른 언론사들은 여전히 살아 있었고, 미국에서는 아예 주요 메인으로 올라가 버렸다.

"졸지에 우리가 공산당 되어 버린 거 아닙니까!"

자기들이 한 모든 것은 정부를 통해 몰래 한 것이다.

그런데 자신들이 이렇게 엮일 줄이야.

"문제는 그게 아닙니다. 지금 박중수가 영화 촬영에 필요한 돈을 모금하러 다니는데……."

"그런데요?"

"주요 기업에 찾아가서 투자를 요구하고 있답니다."

"투자를요?"

"네. 돈을 주지 않으면 당을 무시하는 거냐며……."

"어이구야."

기업 입장에서는 환장할 노릇이다.

그게 가짜라고 하면 무시하면 그만인데, 만에 하나 진짜라고 할 경우 자유신민당에게 보복을 받을 테니까.

"그런 말도 안 되는 이야기를 누가 믿는답니까?"

"그게, 마이스터 한국 지부에서 50억 투자 결정을 내렸답니다."

"뭐요!"

박팔수는 정신이 아찔해졌다.

지금까지 현 정부에 호락호락하게 당하지 않던 마이스터다.

그런데 거기서 무려 50억이라니.

거기에다 마이스터의 정보력은 세계 제일이라는 말이 있다.

오죽하면 CIA 한국 지부라는 의심까지 받는 판국이다.

그런데 그런 행동을 하다니.

"그거에 자극받은 곳들이 투자 결정을 내리고 있습니다.

대룡도 40억 투자 결정을 내렸다고 하고…….”

“미친…….”

마이스터와 대룡이 그렇게 투자를 하면, 다른 기업들이 보기에는 그 압력은 현실이다.

당연히 그 영화에 투자 안 할 수가 없다.

“이거 북한에서 만드는 그 ‘수령 동지, 근두운 타시네’ 따위 영화랑 뭐가 다른데요!”

세계적인 비웃음의 대상이 될 뿐만 아니라 대놓고 인권 탄압국이 될 판국이다.

그리고 그 주요 대상은 자유신민당이다.

“허위 사실 유포로 처벌 못 합니까?”

“대표님, 무리입니다. 이미 블랙리스트와 관련자들이 당한 사실이 드러났습니다.”

아무런 이유도 없이 이런 일이 벌어졌다면 사람들이 보기에는 헛소리라고 생각했을 것이다.

아무리 그래도 대한민국은 자유민주주의 국가니까.

하지만 〈부산 그날〉이라는 영화를 찍었던 영화사와 영화배우, 심지어 엑스트라를 동원해 준 회사까지 싸그리 망해 나갔으니 사람들이 보기에는 의심스러울 수밖에 없다.

유명한 속담도 있지 않던가, ‘아니 땐 굴뚝에 연기 날까.’ 라는?

사람들이 보기에는 박중수의 말을 믿을 만한 증거가 사방에 넘쳐 났다.

"우리가 허위 사실로 고발한다고 해 봐야 입 막기 위해 그런다는 소리밖에 더 듣겠습니까? 더군다나 블랙리스트가 이런 식으로 드러나서……."

차라리 언론에 터진 거라면 사람들이 너무하다고 할지언정 이 정도로 극렬하게 반응하지는 않을 것이다.

그러나 진보 인사가 자아비판을 하고 그들의 압력에 굴복해 가면서 스스로 무릎을 꿇고 뺨을 때리고 극우의 앞잡이 노릇을 하겠다고 나설 정도이다 보니 사람들은 극단적인 분노를 느끼고 있었다.

"미치겠네."

민주수호당은 일이 터지자 내분을 멈추고 이쪽을 물어뜯고 있는 상황.

진보가 분열로 망한다고 하지만, 그건 어디까지나 외부에 강력한 적이 없을 때의 이야기다.

진보는 현 상황을 강한 위협으로 받아들였고 어느 때보다 똘똘 뭉치고 있었다.

"도대체 이런 멍청한 소리를 누가 믿는답니까?"

"그게…… 아무래도 현 대통령의 문제가 있다 보니……."

"끄응……."

프락치 대통령이라는 현 대통령의 현실.

그 현실 때문에 사람들은 지금 벌어지는 일 역시 진짜일 가능성이 높다고 생각하고 있었다.

프락치도 대통령 하는 판국에 뭔들 못 하겠는가?

거기에다 그럴듯한 증거도 사방에 넘쳐 난다.

"현 상황에서 가장 좋은 방법은…… 아무래도 당 차원에서 블랙리스트를 공격하는 게 좋을 듯합니다."

"그걸 말이라고……."

"어쩔 수 없습니다."

그러지 않으면 자기들이 블랙리스트를 모조리 뒤집어쓰게 생겼다.

"그리고 어차피 현 대통령은 끝난 거 아닙니까?"

"……."

당의 입장에서 중요한 것은 정권과 권력이다.

현 대통령은 이미 대통령을 한 번 해 먹었으니 이제 와서 다시 국회의원이 될 수도 없다.

그렇다고 미국처럼 한국이 연임제 국가도 아니고 말이다.

"적당히 공격하는 척하면서 사람들의 시선을 돌려야 할 듯합니다."

"큭, 이런 개 같은……."

박팔수는 이를 악물었지만 진짜 방법이 없었다.

악연이 계속되면서 일이 제대로 꼬여 버렸다.

"좋습니다. 이쪽에서 뒤집어쓸 수는 없으니 청와대 쪽으로 밀어 봅시다. 그리고 이거 덮을 만한 사건이 있겠습니까?"

"어지간한 열애설로는 안 덮일 것 같습니다."

"누가 몰라서 물어요? 그러니까 찾으라는 거 아닙니까!"

"차…… 찾아보겠습니다."

박팔수는 이 문제를 어떻게 덮고 넘어가야 하나 머리가 지끈거렸다.

⚖

"이건 뭐 예상에서 한 치도 안 벗어나는구먼."

유민택은 신문을 보면서 혀를 끌끌 찼다.

"그렇게요."

주요 일간지 메인을 가득 채운 뉴스는 박중수의 자아비판이 아니었다.

뜬금없는 보이 그룹의 난교 파티에 관한 뉴스였다.

한창 잘나가는 보이 그룹의 난교 파티에 관련된 뉴스는 분명 파급력이 있었다.

"하지만 무려 9개월 전에 벌어진 일이란 말이지."

유민택은 고개를 흔들었다.

"척 봐도 뭔지 알겠군."

언론이 진실을 받아들인다고 해도 무조건 그걸 말하는 건 아니다.

도리어 쥐고 있다가 뭔가를 덮을 때 쓰는 경우가 더 많다.

"뭐, 덮기 위한 카드를 꺼낼 거라 생각하지 않았습니까?"

"그건 그렇지."

"그런데 유 회장님은 후회 안 하십니까?"

"뭐 말인가? 투자? 돈 낼 것도 아닌데 뭘."

유민택은 노형진의 말에 피식 웃었다.

그가 투자하기로 한 40억. 절대 작은 돈이 아니다.

"돈이 문제가 아니지 않습니까?"

"물론 돈이 문제가 아니긴 하지. 하지만 우린 대룡일세. 아무리 정부 입장에서 입김을 넣으려고 해도 그걸 가지고 뭐라고 하지는 못해. 더군다나 이번에는 우리가 상황상 눈치 보느라고 어쩔 수 없이 한 거 아닌가?"

"공식적으로는 말이죠."

노형진의 말에 유민택은 씩 웃었다.

"그리고 내 독단도 아니고 말이야."

"네?"

"엔터계에서 활동하는 회사가 우리만 있는 게 아니지 않나?"

물론 지금 가장 큰 곳이 대룡이기는 하지만, 엔터 계열에서 활동하는 회사는 한두 곳이 아니다.

"그런 곳들이 전부터 불만이 많았네."

블랙리스트를 보내며 출연자를 막는 것도 불편하다.

기업들은 정권을 따르는 게 아니라 돈을 따른다.

그런데 그렇게 블랙리스트에 들어가 있는 사람 중에서 홍행 파워가 있는 사람을 막으라고 하면, 자신들은 영화를 제작하거나 할 때 그 영화가 실패할 위험부담이 훨씬 커지는 것이다.

"사실 그건 어떻게 틀어막을 수 있는데, 문제는 화이트리스트야."

"화이트리스트요?"

"그래. 블랙리스트는 출연시키지 말라는 거니까 그래도 연기력 되는 다른 배우를 찾으면 되거든."

하지만 화이트리스트, 그러니까 이 사람은 출연시키라는 오더가 떨어지면 다른 배우로 대체도 못 한다.

"자네도 투자했으니 알겠구먼. 그 〈평화시장〉이라는 영화 말일세."

"알죠. 제법 수익을 많이 봤죠."

"그렇지. 그런데 거기서 조연으로 나왔던 아가씨 기억나나?"

"누구요? 아, 그 담배 가게 아가씨요?"

노형진은 고개를 끄덕거렸다.

조연으로 나온 담배 가게 아가씨는 주인공이 짝사랑하는 대상이다.

"그래. 그런데 그게 영화의 흐름에 무슨 영향이 있던가?"

"아니요."

주연이 그녀를 짝사랑한 건 사실이지만 영화의 큰 흐름은 사랑이 아니라 대한민국의 경제 발전이고, 그나마도 주인공이 초중반에 독일에 광부로 가 버리면서 헤어진다. 그리고 그 담배 가게 아가씨의 출연분은 끝난다.

주인공은 독일에서, 간호사로 온 한국 아가씨와 결혼하니까.

"그 사람이 화이트리스트네."

"화이트리스트요?"

"그래. 출연시키라고 오더가 떨어진 거지."

"아아."

"그거 아주 골치 아파."

"어쩐지 사람들이 그 부분에 대해서는 이상하다고 생각하기는 했지요."

비중도 별로 없고 스토리상 중요한 배역도 아니다.

그런데 뜬금없는 사랑 이야기에 갑자기 사라지는 흐름까지, 수백억이 들어간 영화치고는 내용이 급조된 듯한 느낌이었다.

"자리를 만들라고 말이 나왔던 영화일세."

그녀에게 자리를 만들어 주라고 해서, 어쩔 수 없이 시나리오를 고쳐서 그녀를 출연시켰다.

문제는 출연이 아니다.

일단 그녀는 정부의 보호를 받기 때문에 통편집을 못 한다.

그렇다고 그냥 틀자니, 영화관에서 상영 시간은 한계가 있다.

결과적으로 그녀가 편집에서 살아남으면 멀쩡한 다른 장면이 삭제되어야 한다.

"그래서 영화가 개봉되었을 때 흐름이 좀 이상하다는 이야기가 나왔죠."

"그래, 그게 문제였지. 그래서 이번에 기업가들 사이에 이야기가 좀 있었네."

정부에 살짝 엿을 먹이자는 의미로 투자를 결정한 것이다. 핑계가 있으니까.

알아서 기었다는데 뭐라고 하겠는가?

물론 그로 인해 정부는 곤란해졌지만.

"어쩔 수 없이 정부 편을 든다고 해서 기업이 호구인 건 아닐세."

"무슨 뜻인지 알겠습니다."

기업들이 바보도 아니고, 이 기회에 살짝 피해자 코스프레 하면 정부의 연예계 장악력이 떨어진다는 걸 모를 리가 없다.

그리고 그걸 노리고 투자하는 척한 것뿐이다.

"하지만 이건 좀 곤란하군."

광란의 섹스 파티라는 기사가 난 보이 그룹은 제법 유명하다.

이대로라면 충분히 덮을 수 있다.

"광란의 섹스 파티라……."

노형진은 피식 웃었다.

"뭐, 예상했던 일 아닙니까?"

예상했던 일이다.

그리고 예상했던 일이라면 당연히 그 해결책도 존재한다.

"결국은 해결책이라는 것도 뻔하거든요, 후후후."

"이거 어쩔 거냐!"

머리를 부여잡고 있는 사장. 그는 이를 악물었다.

시스템 엔터테인먼트. 그곳은 나름 중견 기업으로, 엔터테인먼트 협동조합에 속한 곳도 아니다.

그런데 갑자기 생각지도 못한 일이 터졌다.

"너 이 새끼들, 생각이 있는 거야, 없는 거야?"

"아니, 그게……."

고개를 푹 숙이는 남자들.

보이 그룹 픽션의 멤버들이었다.

"기자가 알고 있을 줄은……."

"기자가 알고 있을 줄? 야, 이 미친 새끼들아! 너희 보이 그룹이야! 그것도 1군! 그런데 기자가 모르면 그게 더 이상한 거다, 이 새끼들아!"

3집까지 낸 픽션은 회사의 핵심 팀이다.

그런데 이런 일이 터질 줄은 몰랐다.

이대로 두면 회사가 망하지는 않더라도 엄청난 손해는 각오해야 하는 상황.

"김 실장! 넌 애들을 어떻게 관리한 거야!"

"아니, 그게⋯⋯. 죄송합니다, 사장님."

"이게 죄송으로 해결될 일이야! 어! 도대체 그거 안 막고⋯⋯. 아, 미치겠네."

사장인 한광진은 이 문제를 어떻게 해결할지 답이 나오지 않았다.

그때였다.

"저기, 대표님. 노형진 변호사라는 분이 찾아오셨는데요."

"뭐라고?"

곤란한 표정으로 들어오는 비서.

상황이 상황이다 보니 사장실로 들어오는 것 자체가 부담이었기 때문이다.

하지만 한광진은 생각보다 화를 내지 않았다.

노형진이라는 이름 때문이었다.

'노형진이면 그 변호사 아냐?'

엔터테인먼트 협회의 변호사로, 설립에도 개입했던 사람이다.

이 바닥에서 그의 이름을 모르는 사람은 없었다.

'그가 왜 왔지?'

갑자기 찾아온, 엔터테인먼트 협회의 고문 변호사.

자신과 별 상관이 없는 사람이기는 하지만 나쁜 일로 찾아올 이유는 없어 보였다.

그런 거라면 조용히 뒤에서 움직이면 되니까.

더군다나 엔터테인먼트조합과 정부는 사이가 안 좋다.

당장 블랙리스트에 올라간 상당수 연예인들이 그 소속이니까.

그렇다면 한번 만나 볼 가치는 있었다.

"다 나가! 그리고 그 사진…… 아니다, 씨발! 너희들 당장 짐 싸! 오늘부터 무조건 합숙이다! 씨발, 너희들 계약 해지할 때까지 무조건 합숙이야! 개인적으로 나간다는 새끼들은 나랑 개싸움 하고 계약 해지하든가 말든가 알아서 해!"

그의 말에 픽션의 멤버들은 잘못한 게 있기 때문에 고개를 푹 숙이고 바깥으로 나갔다.

잠시 후 사무실 안으로 들어온 노형진.

"얼굴이 많이 상하셨네요."

"네…… 으휴……. 아무래도 일이 좀 있다 보니까……. 그런데 어쩐 일로 오셨습니까? 저희는 엔터테인먼트조합 소속도 아닌데요."

말을 하면서도 한광진은 침을 꿀꺽 삼켰다.

그가 자신이 살 수 있는 카드를 들고나올 거라 생각했기 때문이다.

"당연히 픽션 문제 때문에 왔습니다."

"그건…… 휴우……. 뭐가 궁금하신 겁니까?"

"일단 사실에 관해서요."

"그게……."

한광진은 아무런 말도 못 했다.

노형진이 묻는 게 뭔지 알았으니까.

"걱정하지 마세요. 제가 이걸 누설하겠습니까? 불안하시면 비밀을 지키겠다는 각서라도 써 드리지요."

"뭐…… 그런 말 안 하셔도 능력이 있으니 아시겠지요. 사실입니다. 이 멍청한 것들이…… 문제를 일으켰네요."

보이 그룹이라고 해서 고자가 아니다.

격렬한 운동과 댄스로 피곤해서 곯아떨어지는 시간이 더 많기는 하지만, 그와 동시에 그러한 격렬한 행위들이 남성호르몬의 분비를 강하게 해서 성욕 역시 강해지는 현상이 존재한다.

"뭐, 모르는 바는 아니죠."

보이 그룹을 보면서 열광하는 여자들에게야 환상이 깨지는 소리일지도 모르지만, 기업에 있어서 가장 골치 아픈 문제 중 하나가 바로 그러한 보이 그룹의 성욕이다.

하물며 10대 후반에서 20대까지의, 한창 성욕이 강한 시기의 녀석들이다 보니 더더욱 힘들다.

오죽하면 미국 나사에서 화성 탐사 계획을 짤 때 고민한 가장 심각한 문제 중 하나가 바로 성욕일 정도였다.

단순히 여자와 남자의 관계에 대한 문제가 아니다.

교도소에서 보다시피 여자가 없으면 남색을 하는 놈들이 튀어나온다.

물론 훈련된 조종사들이니 좀 덜할 수도 있지만, 화성까지의 왕복 시간은 너무 오래 걸린다.

최악의 경우 동성 강간 사건으로 인해 다 같이 죽자고 일을 저지를 수도 있다.

기껏 갔다 왔는데 우주선 내에서의 동성 강간 사건이 공개된다면 화성 개발이고 나발이고 그냥 다 뒤집어지는 거다.

그렇다고 그냥 둘 수도 없는 게, 보이 그룹에는 필연적으로 여성 팬들이 따라다닌다.

누구 한 명이 눈 돌아가서 그 여성 팬에게 손대는 사태라도 터지면 그룹은 말 그대로 한 방에 날아간다.

"이런 것에서 자유스러운 미국하고는 좀 다르죠."

미국에서는 남자 가수와 여성 팬이 자는 게 그다지 이상한 일이 아니다.

물론 합의에 의한 성관계인 경우는 말이다.

하지만 한국에서는 성이라는 것을 부도덕적으로 보는 경우도 많은 데다가, 보이 그룹이든 걸 그룹이든 가상 연예에 대한 환상을 파는 것이 현실이기 때문에 이런 일이 터지면 최악의 사태가 발생한 셈이다.

"저기, 노 변호사님. 혹시나 저희를 도와주러 오신 거라면…… 제발 살려 주십시오. 저희 이러다가 다 죽습니다."

농담이 아니다. 이게 계속 진행되면 진짜 망한다.

"해결책이 있습니다. 하지만 진실을 알아야지요."

"진실이라고 하시면······?"

"언론에서 얼마나 아는지에 대해서요."

"그건······."

"아니면 저도 못 도와드립니다. 사실대로 말씀드리면, 지금 저는 정부와 척지고 있는 상황이기에 여기에 온 거지 굳이 사장님을 도와드릴 이유는 없습니다."

"······."

"적의 적은 아군이라고 하지만, 그건 어디까지나 저와 적이 안 될 때의 이야기죠."

한광진은 어쩔 수 없이 입을 열었다.

노형진의 말이 맞으니까.

지금 정부에서 자신을 죽이려고 하는데 자신이 할 수 있는 건 없다.

"사실은······."

여자를 만난 것은 사실이다.

정확하게 말하면 섹스는 있었다.

하지만 광란의 난교 파티는 없었다.

호텔을 빌려서 각방으로 들어가서 각자 자기 파트너와 관계를 가졌다.

언론에서는 무슨 난잡한 난교 파티를 한 것처럼 표현했지만 사실 일대일의 관계였을 뿐이다.

"그 여자분들은요?"

"그 여자들은…… 팬은 아닙니다. 픽션 놈들이 아무리 멍청해도 팬들에게 손댈 정도로 병신 새끼들은 아닙니다."

더군다나 픽션의 팬들은 거의 중고등학생들이다.

그 아이들에게 손대면 기업이 망하는 게 문제가 아니라 자기들 인생이 망한다.

"김 실장이 멍청한 짓을…… 휴우."

비밀리에 사람을 불러왔어야 한다.

그런데 김 실장은 자기가 귀찮다고 한 호텔에 박아 넣고는 콜걸들을 단체로 불렀다.

그리고 그 장면을, 따라온 기자에게 걸린 것이다.

"흠……."

노형진은 잠깐 생각에 빠졌다.

'필요악이라는 건데.'

물론 콜걸을 부르는 게 합법은 아니다.

그러나 기업 입장에서는 철없는 아이들이 혹 미성년자 팬들을 건드리는 지경까지 가게 방치하는 것보다는 훨씬 나은 선택이다.

"거기까지만 알고 계신다는 거군요."

"네. 언론에서도 저희에게 말해 준 게 없어서."

"그러면 언론에서 아는 것도 딱 거기까지만일 겁니다."

"네? 그게 무슨 말씀이신지?"

"아마도 여자들이 들어가는 걸 보고 알았겠지요."

명확한 증거는 없다.

하지만 기자들은 눈치가 빠르다.

멤버 한 명당 방 하나씩 잡은 후 갑자기 여자들이 우르르 올라갔으니 눈치챌 수밖에.

"그러면 다 아는 거 아닌가요?"

"다 아는 건 아니죠. 그랬다면 뉘앙스가 달랐을 겁니다."

"뉘앙스가 달랐을 거라고요?"

"네."

노형진은 그들이 쓴 기사를 이미 다 읽어 보고 왔다.

주요 내용은 간단하다. 광란의 섹스 파티.

그야말로 난교 파티를 벌인 것처럼 표현하고 있었다.

"하지만 실제로 난교 파티 같은 건 없었죠."

"그건 그런데……."

"그러니까 거기까지만 안다는 겁니다."

만일 진실을 알았다면 그냥 콜걸을 불러서 섹스를 했다고 했겠지, 섹스 파티니 난교 파티니 하는 단어는 쓰지 않았을 것이다.

"물론 자극적인 단어로 사람들을 당기는 건 그들의 방법이지만 그건 어디까지나 제목에 한정되죠."

제목이 자극적이더라도 내용은 최대한 진실을 담아야 한다.

그러지 않으면 소송을 당하니까.

"그런데 관련 기사들을 보면 마치 난교 파티가 있었던 것처럼 꾸몄거든요. 그 말은 그들이 무슨 일이 있었던 건지 알지 못한다는 거지요."

사실 그럴 수밖에 없다.

그 호텔에서 엘리베이터를 타고 올라가기 위해서는 발급받은 카드를 엘리베이터에 찍어야 하고, 감시한답시고 복도에서 기다릴 수도 없다.

더군다나 그 호텔에 간 것도 완전 랜덤으로, 또 방 자체도 같은 층이 아니라 다 각자 다른 층이다.

"그게 이번 일과 무슨 관계가 있습니까?"

"관계가 있지요. 이번 사건을 뒤엎을 수 있다는 거죠."

"어떻게요?"

"저들이 왜 픽션을 노렸는지 아십니까?"

"후우……."

한광진은 바보가 아니다.

지금 한국에서 무슨 일이 벌어지는지 모르지는 않는다.

그리고 그런 일이 벌어질 때마다 사람들의 시선을 가리는 가장 좋은 방법은 다름 아닌 연예계의 스캔들이라는 것도 안다.

"평소라면 사실 도와드리지 않을 겁니다."

그럴 이유가 없다.

하지만 정부에서 하는 짓거리가 너무 구역질이 나서 노형진이 나선 것이다.

"그러면 어떻게 합니까? 이제 와서 안 했다고 합니까? 그 말을 믿어 줄까요?"

"아니요. 믿어 주지 않겠지요. 하지만 픽션이 다른 이유로 타깃이 되게 만들 수는 있지요."

"네?"

"여기에 조아람 씨 계시죠?"

"조 배우요? 저희 소속입니다만."

노형진의 말에 한광진은 고개를 갸웃했다.

그럴 수밖에 없는 게 픽션과 조아람은 전혀 다르기 때문이다.

픽션은 몇 번이나 1위를 한 적이 있는 핫한 보이 그룹이고 조아람은 배우다.

그것도 주연급은 안 되는 조연급 배우다.

주연을 하기에는 연기력도 연기 풀도 한정되어 있어 조연급 전문 배우로 분류되어 있다 보니 지원 자체도 다르다.

"네, 하지만 이 보복이 조아람 씨 때문에 벌어진 거라면요?"

"네? 그게 무슨 말씀이신지? 이해가 안 가는데요."

"조아람 씨, 작년에 영화 하나에 조연으로 나가지 않았습니까? 그 이후에 출연이 끊겼고요."

"〈부산 그날〉 말씀이군요."

"네."

노형진은 고개를 끄덕거렸다.

그녀에 대한 보복이 진행되고 있는 건 알고 있다.

그녀 역시 출연이 끊겼다.

"조아람 씨는 여기 시스템 엔터테인먼트에 속한 사람이죠. 그리고 사장님은 그분을 보호하는 분이고요."

"당연하죠. 그게 우리 업무니까요."

"그래서 보복이 들어온 거라면 어떨까요?"

"네?"

"박중수 감독은 〈부산 그날〉을 찍고 나서 보복을 당하고 있습니다. 다른 배우도 마찬가지고요. 그리고 조아람 씨는 그 영화를 찍고 출연이 막혔지요."

"그건……."

"그리고 조아람 씨는 한창 예쁜 20대의 조연급 배우입니다. 사실 연기력 부족으로 조연급인 거지, 외모가 못난 건 아니거든요."

"그건 그런데요."

"뭐, 딱 정치인들이 좋아하는 스타일 아닙니까? 조연급이 아니라서 이슈도 타기 힘들고 외모는 되고……."

한광진은 노형진의 말을 그제야 알아듣고는 입을 쩍 벌렸다.

"자아비판, 한 번 벌어진 게 두 번 벌어지지 말라는 법 있습니까? 후후후."

⚖

"살려 주십시오. 제가 잘못했습니다. 배우를 박중수 감독

의 영화에 출연시킨 것도, 당의 성 상납 요구를 거절한 것도
제가 어리석어서 그런 겁니다, 흑흑흑."

"제발 연기하게 해 주세요. 시키는 대로 다 할 테니까……
제발 연기만은……. 제 평생의 모든 거예요……. 부르면 부
르는 대로 갈 테니까."

한광진과 조아람은 노형진의 조언대로 자아비판을 했다.

사실 말이 자아비판이지 그냥 항복이다.

문제는 저쪽에서 항복을 요구한 적이 없다는 것이다.

―와, 씨발. 이거 뭐냐? 그러니까 조아람 성 상납을 거절했다고 픽
션한테 픽션 친 거네?

―씨바, 할 말이 없네.

―뭐? 자아비판 요구한 적이 없어?

―야, 이 개새끼들아. 자기 손녀뻘 배우를 침대로 끌어들이고 싶냐?

안 그래도 픽션 사건은 정부의 지원을 받아서 전국적으로
커진 상황이었다.

그런데 거기서 난데없이 성 상납을 거절해서 미안하다고
나와 버리니 그게 전국으로 퍼지는 것은 순식간이었다.

조아람은 자신이 블랙리스트에 올라간 걸 알고 같이 죽자
고 동의했다.

어차피 현 상황에서 자신의 출연은 막힌 후이니까.

"이거 뭡니까?"

박팔수는 머리가 지끈거렸다.

사건을 덮으려고 스캔들을 터트렸는데 도리어 그게 역습의 핑계가 되었다.

"그게…… 이렇게 될 줄은……."

그들은 픽션이라는 걸출한 보이 그룹이라면 자신들을 덮을 수 있을 거라 생각했다.

하지만 도리어 외부에는 자신들에 대해 성 상납을 거부했다는 이유로 멀쩡한 회사에 보복을 하는 정당이라는 이미지가 남아 버렸다.

"리스트에 올라간 대상이 거기에 속해 있는 줄은 몰랐습니다."

"그걸 말이라고 합니까! 뭐요? 몰라요?"

박팔수는 어이가 없었다.

하긴, 거기에 속한 조연에게 신경 쓰는 사람이 얼마나 되겠는가?

"우리가 졸지에 성 상납을 요구하는 사람들이 되어 버렸는데 이거 어쩔 겁니까?"

물론 성 상납을 요구하는 건 흔한 일이다.

하지만 비밀리에 하는 것과 이렇게 대놓고 안 한다고 보복하는 것은 전혀 다른 문제다.

"방법을 생각해 봐요! 방법을!"

"죄송합니다."

"아니, 픽션인지 나발인지 하는 새끼들 섹스 사진이 있다면서요!"

"그건 어디까지나 여자들이 단체로 올라가는 사진이……."

"그거라도 올려요!"

"네?"

"그거라도 올리라고! 그래야 그 새끼들이 발정 나서 집단 섹스를 했다는 게 입증될 거 아냐!"

"하지만 그건 문제가 될 텐데요."

지금까지 언론에 올린 사진은 픽션 멤버들이 호텔에 올라가는 장면뿐이다.

아무래도 여자들의 경우는 확실하지 않아서 올리지 않았다.

"문제 되는 게 중요해요! 우리가 먼저 살아야 할 거 아닙니까!"

박팔수의 말에 다들 입술을 깨물었다.

"알겠습니다. 바로 올리겠습니다."

지금 상황을 뒤집지 않으면 자신들이 망한다는 걸 안 자유신민당의 당원들은 어쩔 수 없이 최악의 선택을 해 버렸다.

⚖️

"그럴 줄 알았다."

노형진은 언론사에서 증거라고 내놓은 여자들의 사진을

보면서 피식하고 웃었다.

원래 이런 사진은 섣불리 올려서는 안 된다.

개인적인 인권과 신상 정보가 담겨 있기 때문이다.

하지만 언론사에서는 얼굴만 가렸지 나머지는 그대로 올렸다.

누군가 아는 사람이 있다면 바로 알아볼 수 있는 정도였다.

"이거 똑똑한 건지 멍청한 건지 모르겠군."

송정한은 노형진과 함께 누군가를 기다리며 말했다.

"이럴수록 늪에 빠질 텐데?"

"그걸 알면 정치하겠습니까?"

"허, 그거 나한테 너무 아픈 말인데?"

"그냥 똥통에서 나오시죠?"

"나갈 때 나가더라도 청소는 좀 하고 나가야지."

송정한은 미소를 지었다.

"그나저나 자유신민당이 이번에 최악의 선택을 했군."

이런 식이면 점차 연예계에서는 자유신민당을 꺼리는 분위기가 만들어질 것이다.

물론 그들이 대놓고 적대를 하지는 못하겠지만, 전반적으로 정치적으로 적대하게 되면 팬들 역시 적대하는 분위기가 되는 게 현실이다.

"그리고 그들이 뭘 하려고 하는지 알고 있으니 우리가 그걸 확실하게 뒤집어야지요."

노형진이 시계를 보는 사이에 몇몇 사람들이 조용히 사무실 안으로 들어왔다.

"늦지 않게 오셨네요."

"네, 상황이 상황이다 보니까."

지금 들어온 사람들, 아니 아가씨들은 사진에 있는 그 아가씨들이었다.

정확하게 말하면 콜걸.

"이렇게까지 할 줄은 몰랐어요."

그녀들은 당혹스러운 얼굴이었다.

그럴 수밖에 없는 게, 언론에서 자신들을 알아볼 수 있게 공개할 줄은 몰랐으니까.

"정치계에서는 이쪽 생리를 모르니까요."

아무리 콜걸을 부른다고 하지만 연예 기획사를 하는 사람이 바보는 아니다.

아무나 불렀다가 비밀이 새어 나갈 수도 있고, 또 그들이 그걸 가지고 협박할 수도 있다.

실제로 아무 생각 없이 성매매 업소에 갔다가 기자에게 제보당하거나 강간으로 엮이거나 협박받는 사람들도 적지 않다.

그래서 이러한 일을 할 때는 확실하게 믿을 만한 곳을 통해 철저하게 비밀리에 사람을 부른다.

물론 그들이 직업적으로 성매매를 하는 사람이라고 하지만 불법은 불법이고 사회적으로 인식이 안 좋기 때문에 그들 역시 최대한 자신들의 신분을 감추려고 한다.

"지금이야 아직 우리를 알아보는 사람이 없지만 알아보면 저희 인생은 끝이에요."

20대 중반의 나이. 아주 대놓고 언론에서 이 여자들은 성매매 여성이라고 때려 버린 셈이다.

누군가 그들을 알아보기 시작하면 그녀들의 인생은 끝장나는 거다.

"압니다. 그래서 박 사장님을 통해 만나 뵙자고 한 거고요."

노형진은 얼굴에 두려움이 잔뜩 서린 여자들을 보면서 차분하게 말했다.

"여러분들의 문제를 해결하기 위해서요."

"어떻게요? 얼굴이 가려졌지만 누군가는 금방 알아볼 거예요. 만일 아니라고 해도 저쪽에서 모른 척하고 얼굴을 공개할 수도 있고요!"

맞는 말이다.

신문에 나간 건 얼굴이 감춰졌지만, 몰래 인터넷에 얼굴이 드러난 사진을 뿌리는 건 일도 아니다.

"먼저 공개하는 거죠."

"네? 그게 무슨 말씀이세요! 먼저 공개라니요!"

그러면 자기들보고 자살하라는 소리가 아닌가? 여자들은 자리에서 벌떡 일어났다.

"공개하라는 게, 성매매 했다고 자수하라는 뜻이 아닙니다."

"그러면요?"

"일단 여러분들의 사진 속 복장을 보시죠."

"그건……."

그들은 아무런 말도 못 했다.

성매매를 하기 위해 간 곳이다 보니 그들의 복장은 야시시할 수밖에 없었다.

만일 일반 복장이었다면 기자들도 알아차리지 못했을 것이다.

"복장을 지적한다고 해서 뭐가 바뀌는 건 아니잖아요?"

"복장을 지적하는 게 아니죠. 이 복장이 어울릴 만한 곳이 따로 있다는 거죠."

"이게 어울릴 만한 곳이 어디 있어요?"

말도 안 되는 소리다. 이런 복장을 입고 다닐 만한 곳은 없다.

"일반적으로는 그렇지요. 하지만 클럽이라면 어떨까요?"

"클럽요?"

"네. 이 호텔의 지하에는 클럽이 있습니다."

지하에 클럽이 있다.

그리고 클럽이라는 특성상, 여자들은 그곳에 갈 때 여러 가지 빡세게 준비하고 간다.

그중에는 복장도 포함된다.

"제가 가 본 클럽에서는 이보다 더한 복장도 흔하던데요."

"그건……."

"이 사진이 찍혀 있는 위치는 홀입니다. 위에 있는 객실로도, 지하에 있는 클럽으로도 갈 수 있는 위치죠."

노형진은 신문의 사진을 지적하며 말했다.

"기자들은 어느 쪽으로도 따라가지 못합니다."

클럽에 기자들을 들여보내 주는 미친 업주는 없으니까.

거기에다 클럽에서 남자라고 다 받아 주는 게 아니다.

일단 외모를 보고 나이를 보고 복장을 본다.

일반적으로 활동하는 기자들은 외모는 둘째 치고, 나이가 클럽에 가기에는 많고 복장 역시 당연히 거기에 어울리는 것일 수가 없다.

클럽에 갈 때 패션에 힘주는 것은 여자만이 아니다.

기자들처럼 편한 복장으로 가면 100% 입장 금지다.

"거기에다 여러분들의 외모가 못난 것도 아니죠. 한껏 꾸미고 클럽에 가는 게 나쁜 일인 건 아니지 않습니까?"

"그러면?"

"여러분들이 나서서 스스로 기자회견을 하는 겁니다, 친구들과 놀기 위해 클럽에 갔는데 갑자기 성매매 여성으로 몰렸다고. 적당한 눈물과 함께 주장하면 누구도 그걸 부정 못하죠."

부정할 수 있는 증거가 없으니까.

그날 클럽에서 봤다 못 봤다를 따지기에는 사람도 너무 많은 데다가 클럽은 너무 어둡다.

"클럽……."

게다가 젊은 여자들이 클럽에 가는 건 전혀 이상한 일이 아니고.

"하지만 누군가 우리를 신고하면요?"

다른 아가씨의 우려 섞인 목소리.

그들이 성매매를 할 때 그 사람들만 만나는 게 아니니까.

"그건 힘들 겁니다. 여러분들의 특성상요."

그들이 일하는 곳은 비밀리에 운영된다.

대중에게 공개된 성매매 업소도 아니다.

기본적으로 철저하게 성매매 사실을 감춰야 하는 사람들이 찾는 곳.

"그런데 누가 여러분들을 제보할까요?"

"그건 그런데……."

"설사 제보한다고 한들 여러분들이 그걸 인정하면 상황은 돌변합니다."

"어째서요?"

"여러분들이 진짜 막나가기로 하고 없는 말까지 지어낼 수도 있으니까요. 가령 현직 총리에게 불려 가서 성매매를 했다고 하면 뭔 일이 터질까요?"

"아……."

다른 손님들은 그녀들의 신분을 절대로 공개하지 못한다.

결국 지금 해결해야 하는 것은 당장의 상황뿐이다.

"하지만 기자나 정부에서 우리 뒤를 캘 텐데……."

노형진은 씩 웃었다.

"그래서 모셨습니다. 아까 소개 안 드렸죠? 송정한 의원님
이십니다, 후후후."

이런 게 늪이라는 거지

　자유신민당 입장에서는 현 상황을 어떻게 해서든 바꿔야했다. 그래서 그들은 자신들이 살기 위해, 성매매를 했던 여성들의 공개라는 최악의 수를 선택했다. 그러한 행동은 사실상 그 여자들의 사회적 살인이라는 걸 알면서도 말이다.

　"예상대로더군. 인터넷에 그 여자들의 신상이 나돌고 있어."

　"그럴 겁니다. 어떻게 해서든 자기들의 잘못을 덮어야 하니까요."

　한 번도 아니고 두 번이나 자아비판이 벌어졌다. 당연히 그걸 덮기 위해 자유신민당은 더더욱 자극적인 것을 던질 수밖에 없다.

　"그렇다고 새로 떡밥을 던지는 건 힘들죠."

그랬다가는 또다시 자아비판이 터질 수도 있다.

그들도 바보가 아닌 만큼, 이쪽에서 자아비판을 무기로 삼고 있다는 걸 알아차렸을 테니까.

"현 상황에서 가장 좋은 방법은 그 여자들이 성매매 여성이라고 들이미는 거죠."

그러면 한광진의 자아비판은 가짜 자아비판이라는 게 드러날 테고, 그게 상황을 반전시킬 카드가 될 것이다.

그런데 하나가 가짜라면 다른 하나도 가짜일 수 있는 가능성이 분명 존재하니까…….

"그럼 지지자들이 입을 열 수 있지요."

정치라는 것은 흐름이다.

가령 진보 쪽 흐름이 우세하다면 보수 쪽 지지자들은 쉽게 주장을 하지 못한다.

반대로 보수가 우세하면 진보 쪽이 말을 하지 못한다.

"지금은 진보 쪽이 우세하죠."

보수 쪽에서는 아니라고 부정해 봐야, 실제로 정부에서 했던 모든 압력과 블랙리스트와 관련된 행동이 드러난 상황이기에 반박을 못 한다.

"하지만 하나만 가짜로 만들면 상황은 달라지지요."

하나가 가짜이니 다른 것도 가짜다.

보수 쪽도 입을 열기 시작할 테고 대부분의 언론은 보수 쪽 언론이니, 분명 유리한 건 자유신민당이다.

"하지만 이쪽에서 역습이 들어갈 거라는 것은 전혀 예상하지 못할 겁니다."

노형진은 미리 준비된 발표문을 바라보았다.

"기본적으로 여성 단체는 대부분 진보 계열이죠."

페미니즘 단체들은 대부분 진보적 성향을 가진다.

그건 어쩔 수 없는 성향이다. 보수라는 것은 과거에 더 중점을 두고 있고, 어떤 나라든 과거에는 여성의 지위가 낮았으니까.

"기자회견이 끝나고 난 후에는 아마 여성 단체들이 단체로 들고일어날 겁니다. 여성 단체만의 문제가 아닐 겁니다. 아마 한국의 인구 절반이 현 정부와 정권의 적으로 돌아설 겁니다."

"블랙리스트 하나 때문에 자유신민당은 많은 걸 잃어버리는군."

이 정도로 자유신민당을 밀어내는 건 민주수호당도 해낸 적이 없었다. 자기들끼리 싸우는 거 말고는 아무것도 한 적이 없는 인간들이니까.

"녹음 내역도 준비되었고."

노형진은 힐끔 시계를 바라보았다.

"지금쯤 시작하겠네요."

⚖

"저희는 억울합니다. 그날 저희는 친구의 생일을 맞이해서 같이 클럽으로 놀러 간 것뿐입니다. 그런데 난데없이 사진을 찍어서 저희들을 성매매 여성으로 몰아붙이는 정부와 기자들의 행동에 저희의 미래는 박살 나고 말았습니다."

눈물로 주장하는 여자들. 기자들은 그걸 보고서 입맛을 다셨다.

"이거 진짜일까요?"

"이거 진짜면 정부 입장에서 대박 곤란해지겠는데?"

기자들도 바보는 아니다.

기사야 언론사에서 냈다지만 그 오더는 정부에서 떨어졌다는 걸 모르지는 않는다.

"저희들이 뭘 그리 잘못했습니까? 그날 클럽에 가서 춤추고 논 거요? 친구 생일을 축하한 거요? 클럽에 가기 위해 옷을 야하게 입었다는 이유 하나만으로 저희는 졸지에 성매매 여성으로 취급받았습니다. 제가 아는 사람들은 너희가 그런 인간이었느냐면서 모욕을 퍼부었습니다. 신상이 까이고, 전화로 매일같이 성희롱이 날아옵니다. 한국에서 여자로 태어난 게 이렇게 큰 죄입니까?"

눈물을 흘리는 여자들.

물론 그들이 클럽을 간 건 거짓말이다.

하지만 때로는 거짓도 싸우는 도구다.

노형진이 추구하는 것은 승리지 진실이 아니다.

"그걸 증명할 수 있는 방법이 있습니까?"

"벌써 몇 달 전 사건입니다. 클럽 쪽에 알아봤더니 그 당시 CCTV 촬영본은 존재하지 않는답니다. 그걸 어떻게 증명합니까?"

"도와준다는 사람은 없었나요?"

"저희도 도와 달라고 했습니다. 하지만 거절당했습니다."

"거절당했다니요?"

이건 아주 심각한 문제다.

여자라는 이유로 정당에 이용당해서 졸지에 성매매 여성으로 몰리는, 범죄나 마찬가지인 일을 당한 건데, 이렇게 되면 다른 여성들 역시 똑같이 당할 수도 있는 일이니까.

"저희는 이 문제를 도와 달라고 여성부에 도움을 요청했습니다."

여성부. 여성의 성적 평등을 위해 만들어진 단체.

물론 자기들은 '같을 여如'를 쓴다고 주장하지만 사실 사람들이 보기에는 그냥 '여자 여女'를 쓰는 단체이다.

'물론 그마저도 제대로 못하지.'

말이 좋아서 여자를 위한 단체이지, 사실 내면을 보면 성평등을 위한 단체가 아니라 권력자 계급 여성의 정치 진출을 위한 도구나 마찬가지다.

'그러니까 말을 이따위로 하지.'

여자들이 녹음 파일을 재생하자 거기서 미리 준비한 녹음 음성이 흘러나왔다.

—네, 여성부입니다.

—이번에 도움이 필요해서 그러는데요, 혹시 도움을 주실 수 있나요?

—무슨 일이신가요?

—저희가 졸지에 성매매 여성으로 몰려서요.

사정을 이야기하는 여자들.

한참 침묵을 지키던 여성부 쪽 직원은 이내 한숨을 푹 쉬며 말했다.

—그건 저희들이 도와드릴 수가 없는 건데요.

—아니, 그게 무슨 말이에요! 저희가 당하고 있는 건데!

—아니, 그건 기자들한테 따져야지 저희한테 따지면 어쩌자는 거예요?

—따지는 게 아니라 도움을 청하는 거잖아요.

—뭘 도와줘요? 몸 판 건 당신들인데.

—안 팔았다니까요!

—그건 내 알 바 아니죠. 당신들이 무슨 상황이든, 저희들이 도와드릴 건 없어요. 그냥 그쪽을 고소하세요.

—하다못해 도와줄 수 있는 여성 단체라도 연결해 주세요.

—여기가 무슨 흥신소인 줄 알아요? 여기는 여성부예요, 여성부! 당신들같이 몸 파는 창녀들 도와주는 곳이 아니에요.

—뭐라고요?

—억울하시면 고소하시라구요.

그리고 끊어지는 전화.

분명 도움을 요청하는데 거절하는 것만이 아니라 아예 피해자들을 창녀 취급했다.

'어떻게 보면 당연한 거지.'

사람들은 잘 모르지만 많은 여성들이 심각한 피해를 입으면 여성부에 도움을 청한다.

하지만 저들은 언제나 저런 식으로 도움을 거절한다.

물론 여성부라는 단체가 형법적으로나 민법적으로 권한이 없으니 도와줄 수는 없다. 하지만 그렇다고 해서 도움을 청하는 여자에게 저런 식으로 대응해서는 안 된다.

'여성부 입장에서는 억울하겠지만.'

사실 여기도 꼼수가 있다.

상담하는 사람들이 여럿이기에, 대부분의 공무원들은 최대한 도와주려고 하지만 할 수 있는 게 한계가 있다는 걸 어필했다.

정석적인 대응이었다. 그래서 노형진은 누구 하나 걸릴 때까지 계속 전화를 하도록 했다. 분명 인성 나쁜 공무원이 있을 테니까.

그리고 예상대로 그가 걸렸다.

물론 그 공무원은 해직당하겠지만, 그 인성으로 공무원 하는 게 더 큰 문제다.

"여성부조차도 이렇게 도움을 거절했습니다. 그러면 저희가 어떻게 진실을 찾습니까? 저희가 기자회견을 하는 이유는 이 때문입니다. 그날 클럽에서 저희를 봤던 분들, 누구든 연락을 주십시오. 제발 부탁드립니다. 이렇게 성매매 여성이라는 죄를 뒤집어쓰고 인생을 망가트릴 수는 없습니다."

여자들이 눈물을 흘리기 시작하자 기자들은 연신 카메라 플래시를 터트려 댔다.

"이제 인터넷을 뒤지기 시작해 봅시다, 후후후."

노형진은 눈을 반짝거렸다.

얼마 후 인터넷에서는 그녀들을 봤다는 제보가 연신 올라왔다.

-나 저 여자들 클럽에서 봤음. 아, 그날은 아니고.

-나도 본 것 같은데? 그날은 아니고, 다른 클럽에서.

-나는 그날 있었는데 나 본 듯함. 인정. 맞아, 봤어. 딴 테이블에서 놀고 있었음..

-뭐야, 클럽 죽순이냐? 봤다는 인간이 왜 이리 많아?

-클럽을 안 가 본 사람은 있어도 한 번만 가 본 사람은 없지 않냐?

-글치. 저런 외모를 가지고 있으면 클럽에서 공주님 대접일 텐데 안 가겠냐?

-결국 클럽 죽순이일지는 몰라도 성매매 하는 건 아니라는 거네?

-와, 씨바. 이제는 없는 죄도 만들어 뒤집어씌우나?

　-옛날 규수들처럼 뭐 하나씩 뒤집어써야 하나?

　-정부는 히잡을 법제화하라! 옷 야하게 입었다고 매춘부 취급당하느니 히잡을 입겠다.


　노형진은 인터넷을 보면서 피식 웃었다.

　"예상대로입니다. 봤다는 사람들이 많아요."

　"자네가 푼 사람인가?"

　노형진은 어깨를 으쓱했다.

　그런 뻔한 수작을 부리지는 않는다.

　도리어 한두 명이 봤다고 하면 그게 더 이상하다.

　"아니요. 제가 보낸 사람들은 아닙니다."

　"그러면?"

　"클럽 안 가 보셨군요."

　"그렇지. 아무래도 그건 젊은 사람들의 문화니까."

　"거기는 사실 사람을 확실하게 알아보고 기억하기 힘든 곳입니다."

　사람도 엄청나게 많고 어두컴컴한 데다가 빛은 계속 번쩍거린다. 거기에다 노형진이 그녀들에게 말했던 것처럼 클럽에 가는 여자들은 한껏 꾸미고 간다.

　애초에 클럽은 복장이 되지 않으면 입장 자체도 되지 않는다.

　"그렇다 보니 비슷한 복장들이 제법 많지요."

"하지만 외모는?"

"외모 역시 마찬가지입니다. 성적 취향이 다른 거지 외모에 대한 기준은 비슷하거든요."

누군가는 키 큰 사람을, 누군가는 키가 작은 사람을 좋아한다. 하지만 그건 취향이다.

그러나 객관적으로 봤을 때 예쁘다는 느낌은 사회적으로 공유되는 성향이 강하다.

"저분들은 외모가 됩니다. 당연히 클럽에서도 눈에 띌 만한 외모죠. 그리고 비슷한 옷을 입고 오는 사람들이 많으니까요."

"비슷하다고 느끼겠군."

"비슷하다 정도가 아니죠."

예쁜 여자가 눈물을 흘리며 클럽에서 자신을 봐 준 사람을 찾으니 그곳에 다니는 누군가는 거기서 봤다는 소리가 나올 수밖에 없다.

그리고 한 명이 그러면 다른 사람들 역시 같은 말을 하게 된다. 물론 그중에는 관심 종자도 있을 테고 거짓말을 하는 사람도 있을 것이다.

"하지만 중요한 건 사람들이 피해자들을 클럽에서 봤다는 거죠."

즉, 언론에서 들이민 매춘부설은 박살이 남과 동시에 언론과 정부에 막대한 부담으로 되돌아간다.

"아마 당에서는 생각도 못 했을 겁니다."

이런 식으로 반박을 할 줄 알았다면 사진을 공개하지는 않았을 것이다.

"픽션 멤버들에게 방을 따로 준 건?"

"자유 시간인 거죠."

노형진은 간단하게 말했다.

"자유 시간이 나쁜 건 아니지 않습니까?"

"그건 그렇지. 확실히 알겠군. 그나저나 자유신민당하고 정부 입장에서는 곤혹스럽겠군."

분열되어 있던 진보 인사들이 뭉치더니 점점 체계적으로 대항하기 시작한다.

거기에다 픽션의 팬클럽에 속한 사람들을 적으로 만들었다.

그것도 부족해서 여자들까지 적으로 만들었다.

여성부 직원의 실수 때문에 사람들의 여성부 혐오가 정부에까지 튄 것이다.

"아마 전 국민의 4분의 3은 적으로 돌렸을 겁니다."

"진짜 나 정치 그만둬야 하나?"

정치인으로서 해내지 못한 일을 다 해내는 노형진을 보면서 송정한은 입맛이 엄청나게 씁쓸했다.

"이제 나서셔야 하는데 그만두면 안 되죠."

"자네 말대로 될까?"

"될 겁니다. 저쪽 입장에서는 카드가 하나뿐이거든요."

그녀들이 성매매 여성이 아니라는 증언이 나왔다.

그걸 뒤집기 위해서는 그녀들이 성매매 여성이라는 증거를 찾아야 한다.

"당연히 사람을 붙일 겁니다."

그리고 계좌를 털고 그녀들의 과거를 뒤질 것이다.

그렇게 해서 그녀들이 성매매 여성이라는 증거를 찾으려고 할 것이다.

"아무리 기자들이라고 해도 그렇게 할 수는 없거든요."

물론 시간을 들이면 할 수는 있다.

하지만 그때쯤이면 이미 모든 일은 끝난 이후가 될 것이다.

당연히 당장 사건을 뒤집어야 한다.

"그러면 이런 일에 전문적인 사람을 붙이겠지요. 그래서 제가 송 의원님을 그 사람들에게 붙여 준 거고요."

"누구?"

"누구긴 누구겠습니까? 국정원이지. 우리의 반가운 친구들을 만날 시간입니다, 후후후."

⚖️

노형진은 느긋하게 시간을 보냈다.

언론에서는 하루가 멀다 하고 실드를 치려고 노력했지만 일은 이미 실드를 쳐서 해결할 수 있는 수준이 아니었다.

그리고 드디어 그날이 왔다.

"알아봤네. 누군가 은행 기록을 확인했네."

송정한은 몇 가지 서류를 가지고 왔다.

"누군가 그 여자들의 은행 거래 기록에서부터 주민등록 기록, 심지어 주변까지 탐문을 하고 다니고 있더군."

"예상대로군요."

성매매 여성으로 확실하게 못을 박아야 자유신민당은 살길이 생긴다. 당장 여성 표가 대부분 빠져나간 그들 입장에서는 이 상황이 부담스러울 수밖에 없다.

"아마도 국정원에서는 그녀들이 성매매 여성이라는 증거를 찾아서 언론을 통해 공개할 생각이겠지요."

"그러면 어쩔 건가?"

"이제 슬슬 함정을 파야지요."

"어떻게?"

"그들이 바보도 아니고, 포주를 찾았을 겁니다."

노형진의 말에 송정한은 고개를 끄덕거렸다.

포주를 찾았다고 봐야 한다.

"그리고 그를 통해 공개하려고 할 테죠."

"그렇겠지."

"그러니 포주를 우리 손에 넣어야지요."

그리고 그걸 이용해서 역으로 함정을 파는 게 노형진의 목적이었다.

"그게……."

예상대로 포주를 찾았다. 그들은 포주에게 그녀들이 성매매 여성이라는 기자회견을 하라고 압박을 주고 있었다.

"그래서 할 겁니까?"

"……."

포주는 죽을 맛이었다.

경고를 듣기는 했지만 진짜로 자신을 찾아올 줄은 몰랐기 때문이다.

"도리어 못 찾으면 그게 이상한 거죠."

"그러면 어떻게 합니까? 제가 그들과 싸울 수 있는 것도 아닌데."

아무리 그래도 포주는 불법적으로 일하는 사람이다.

더군다나 여자들과 다르게 도움을 줄 사람도 없다.

그래서 누군가가 찾아오면 연락하라고 해서 연락은 했지만, 솔직히 다른 사람도 아니고 국정원과 싸울 생각은 없었다.

"아무것도 안 하셔도 됩니다."

"네?"

"아무것도 안 하셔도 됩니다. 저희가 필요한 건 이미 손에 넣었거든요."

노형진은 웃으면 그가 일하는 오피스텔의 벽에서 떼어 낸 카메라를 들었다.

"이거면 됩니다, 후후후."

⚖

송정한은 노형진의 말대로 카메라 안에 있는 사람의 얼굴을 확인하면서 여자들을 따라다니는 사람들을 확인했다.

그리고 얼마 지나지 않아서 계속 여자들을 따라다니는 사람들을 특정할 수 있었다.

"우리 예상대로군요."

송정한의 말에 당원 중 일부가 침을 꿀꺽 삼켰다.

"국정원에서 민간인 사찰을 한다는 게 사실이군요."

"네. 이번 기회에 일망타진을 해야 합니다."

민간인 사찰. 지금까지의 일과는 비교도 못 할 만큼 심각한 일이다.

지금까지 정황상 의심은 되었지만 증거가 없었다.

'하지만 누구를 사찰하는지 알면 역감시는 별로 어렵지 않지.'

송정한은 노형진이 했던 말을 되새기면서 속으로 놀라움을 삼켰다.

노형진은 그에게 분명 민간인 사찰이 진행될 테니 그걸 진행하는 국정원 요원을 잡으라고 했다.

'계좌 감시 내역은 이미 뽑아냈고.'

국정원이 아무리 조용히 움직인다고 해도 누군가 계좌를 열어 본 내역을 청구하면 은행에서는 안 줄 수가 없다.

더군다나 불법적으로 영장도 없이 열어 보는 거라면 더더욱 말이다.

"사람까지 붙인 거라면 더더욱 말이죠."

계속 돌아다니는 사람은 어쩔 수 없이 누군가가 따라다니는 수밖에 없다.

그런데 그들은 성매매로 여자들을 엮을 생각이니, 당연히 성매매 현장을 잡기 위해 더더욱 따라다닐 수밖에 없다.

"장소는 정했습니까?"

"다 정했습니다. 여기에 기자들과 사람들 다 준비해 놨습니다."

"어딘가요?"

"여기입니다."

당원이 주소를 건네주자 송정한은 그걸 문자로 보냈다. 그리고 씩 웃었다.

"그러면 내일 아주 화끈하게 일을 터트려 봅시다."

⚖

"뭐 하는 짓이냐, 이거? 고작 여자 감시하자고 국정원에 온 건 아닌데."

"입 닥치고 조용히 일해."

운전하는 표적을 따라가면서 국정원 요원은 툴툴거렸다.

"그나저나 저년들, 창녀 맞아? 전혀 그런 낌새가 없는데."

"그런 것 같기는 한데……. 증거가 없으니. 증거가 없으면 만들어서라도 올려야지."

"아니, 애초에 남자를 만나지도 않는데 어떻게 올려?"

남자라도 만나면 어떻게 엮어 보겠는데 기자회견 이후에 자중할 생각인지 그녀들은 아무도 만나지 않고 있었다.

"뭐라도 하나 엮어야 하는데."

툴툴거리면서 따라가던 그들의 눈에 갑자기 불이 켜졌다.

표적이 탄 차가 다름 아닌 고급 호텔로 들어갔기 때문이다.

"드디어 잡았다! 그래, 돈독이 올랐는데 성매매를 안 할 리가 없지."

그들은 눈을 빛내면서 차에서 내렸다.

그리고 조용히 표적을 따라서 움직였다.

표적은 능숙하게 호텔로 들어가서 18층으로 올라갔다.

"18층에서 만나나 본데? 일단 우리도 거기에 올라가 보자."

하지만 엘리베이터에 타고 올라가서 막 18층에 내려서는 순간, 그들은 일이 틀어졌다는 사실을 알아차렸다.

"어?"

자신들이 따라다니던 여자가 똑바로 서서 이쪽을 노려보고 있었으니까.

그와 동시에 양쪽의 문들이 벌컥 열리면서 한 무리의 사람들이 쏟아져 나왔다.

"뭐…… 뭐야?"

"진짜야! 진짜로 왔어!"

"벌써 세 번째잖아? 그럼 민간인 사찰이 진짜인가 본데?"

　카메라를 든 사람들.

　그들의 말에 국정원 요원은 정신이 아득해졌다.

　다른 사람들에게 끌려 나오는 사람들.

　그들은 다름 아닌 다른 표적을 따라다니던 국정원 요원이었다.

"잠깐 신분증 좀 봅시다, 국정원 요원 나리."

"아니, 무슨 말씀이십니까? 국정원 요원이라니? 우리 국정원 요원 아닙니다."

"그래요?"

　송정한은 피식 웃었다.

　이미 저런 변명을 할 거라는 걸 알고 있었다.

　그리고 그런 경우 쓸 만한 협박을 노형진이 직접 알려 줬다.

"중국 대사관이나 일본 대사관, 아니면 러시아 대사관 쪽에 문의해서 신분을 확인해 달라고 해야겠네."

"헉!"

　물론 그들이라고 해서 다 알지는 못한다.

　하지만 그들에게 이들의 신분이 넘어가는 순간 이들의 신분은 드러나고 결말은 해직, 아니면 납치가 될 것이다.

"어떻게, 중국 쪽 대사관에 신분 확인 좀 해 볼까요?"

국정원 요원들은 먼저 잡힌 사람들을 바라보았다. 그러자 그들은 고개를 푹 숙였다. 자기 신분이 중국에 드러나는 상황만큼은 피하고 싶었으리라.

"그래서, 민간인을 사찰한 이유를 알고 싶은데?"

송정한의 질문에 기자들의 카메라와 녹음기가 일제히 그들에게 향했고 요원들은 망했다는 것을 절실히 느꼈다.

⚖️

"이거 어떻게 된 겁니까!"

이건 진짜 늪이나 마찬가지였다.

거칠게 몸부림칠수록 더 깊이 빠져들었다.

처음에는 블랙리스트와 자아비판 때문에 연예계가 적대적으로 변했는데, 다음에는 사건 조작과 성매매 누명 때문에 팬클럽과 여성계가 적대적으로 변했다.

그리고 이번에는 민간인 사찰이 엮이면서 대부분의 국민들이 적대적으로 변했다.

"이게 어떻게 된 건지……."

몸부림칠수록 점차 벗어날 수 없게 되는 상황.

이제는 더 이상 몸부림치기조차 두려울 지경이었다.

"대표님, 방법이 없습니다. 청와대를 공격해야 합니다."

"맞습니다. 지금 상황에서 벗어나는 건 그 방법뿐입니다."

"이 모든 게 우리가 한 게 아니지 않습니까?"

엄밀하게 말하면 애초에 블랙리스트를 운영한 건 자신들이 아니라 청와대다.

물론 자기들이 운영하라고 시킨 건 사실이지만, 그들의 좋은 머리는 이미 그걸 잊어버린 후였다.

"지금이라도 우리가 청와대를 공격해서 그들이 한 짓이라고 뒤집어씌워야 합니다."

"그래야 합니다."

청와대와 지금까지 보조를 맞춰 온 자유신민당이지만, 그들에게 남아 있는 선택지는 그것밖에 없었다.

"좋습니다. 지금부터 청와대를 공격합시다."

박팔수는 입술을 깨물었다.

자신들이 청와대를 공격하면 현 대통령이 통제에서 벗어나려고 할 것은 당연한 일.

아무래도 일이 점점 힘들어질 것 같았다.

⚖️

"역시나 예상대로네요."

노형진은 피식 웃었다.

더 이상 방법이 없자 자유신민당은 청와대와 현 정부에 왜 이런 말도 안 되는 짓거리를 벌인 거냐며 공격을 시작했다.

그리고 표적이 정해진 다른 집단들 역시 함께 보조를 맞추기 시작했다.

"청와대에서는 난처한 모양이더군."

이런 경우 지금까지 자유신민당이 보조를 맞추면서 방어를 해 왔다.

그런데 이제는 보조가 아니라 도리어 자신들이 나서서 공격을 하고 있었으니까.

"그럴 겁니다. 처음 있는 일이니까요. 이제 그 둘 사이가 틀어졌으니 전처럼 전횡을 하지는 못할 겁니다."

물론 아무리 그래도 자유신민당이 민주수호당보다는 친한 것이 사실이지만, 당분간은 아마 정신이 없을 것이다.

"이제 다 끝난 건가?"

"뭐, 정치권 쪽은 말이죠."

"정치권 쪽은? 다른 곳도 있단 말인가?"

"블랙리스트라는 건 단순히 내려보냈다고 만들어지는 게 아니거든요."

분명 이번에 정부에서 블랙리스트를 작성해서 내려보낸 것은 사실이다.

"하지만 다른 경우도 있습니다. 사실 그 경우가 더 많지요."

"다른 경우라 하면? 아하! 무슨 뜻인지 알겠군."

송정한은 노형진이 한 말이 뭔지 어렵지 않게 알아차렸다.

대한민국은 알아서 기는 문화가 강하다.

설사 블랙리스트가 인정되었다고 해도, 그래서 정부에서 공식적으로 그걸 사과하고 운영하지 않겠다고 해도…….

"알아서 기는 사람들은 여전히 남아 있지요."

특히나 방송이나 언론 쪽은 더 그렇다.

"그래서 매번 정권이 바뀔 때마다 낙하산 인사 논란이 있는 거죠."

대통령이 된 사람이 바보가 아닌 이상에야 언론과 방송에 자기 사람을 보내지 않을 리가 없다.

그랬다가는 자신이 물어뜯길 게 뻔하니까.

"하긴, 그건 아주 그냥 선거 행사지."

아무리 일을 잘해도 정권이 바뀌면 방송국의 사장은 바뀐다.

철저하게 자기 사람을 심고자 하는 정치인들 때문이다.

그래 놓고 내년에 정권이 바뀌면 또다시 낙하산이라고 욕한다.

자신들이 낙하산을 보내고 말이다.

"멍청한 언론들 같으니라고."

노형진은 고개를 흔들었다.

"그렇기에 지금 상황이 우리에겐 기회라고 할 수 있지요."

"기회라 하면?"

"알아서 긴 놈들이 어디 한두 명이겠습니까? 그놈들을 쥐고 흔들어야지요, 후후후."

노형진은 눈을 반짝거렸다.

⚖️

현 정부에서 블랙리스트는 없다고 주장했지만, 애석하게
도 누구도 그걸 믿지 않았다.

애초에 상황이, 믿을 수가 없었으니까.

이미 증거까지 다 나왔고.

"그리고 그걸 적극적으로 쓴 놈들이 남아 있지요."

알아서 기는 놈들, 그놈들이 정부에서 사과한다고 해서 안
쓸까?

아니다. 당연히 그놈들은 정부의 입장과 상관없이 블랙리
스트에 올라간 사람들을 쓰지 않을 것이다.

"그걸 따지고 들어야지요."

"정부가 아니라 방송국 말인가?"

"네. 사람들이 흔하게 하는 실수 중 하나죠."

정부 차원에서 블랙리스트가 나오기는 했다.

그건 사실이다.

하지만 결국 그걸 집행하는 건 아래다.

"영화사 같은 경우는 그나마 나은 편입니다."

그들은 정부의 압력이 없으면 자본을 따라간다.

그리고 자본은 능력을 따라간다.

당연히 능력 있는 배우라면 진보고 보수고 상관하지 않는다.

"하긴, 방송국은 다르겠지."

사장부터 PD까지 모조리 정부의 입맛에 맞게 바꿔 놨으니, 당연히 그들은 청와대의 입김과 상관없이 출연을 안 시킬 거다.

"그러니 공격의 방향을 바꿔야지요."

만일 이대로 두면 정부가 몸빵 하는 사이에 현실적으로 블랙리스트는 계속 운영되니까.

"우리 사장님들은 뭐라고 할까요, 후후후?"

⚖

방송국은 블랙리스트 문제에 대해 사실 한발 빼고 있었다. 이런 문제가 방송국에까지 직접 튀는 경우는 없었기 때문이다.

그러나 사장은 이번에는 생각을 바꿔야 했다.

"왜 출연을 안 시키는 건가요?"

사장에게 카메라를 들이미는 기자들.

그리고 방송국 사장은 당황했다.

"그게 무슨 말입니까? 출연을 안 시키다뇨?"

"제보가 들어왔습니다. 정부에서 내려온 블랙리스트와 더불어, 방송국에서 운영하는 블랙리스트도 따로 있다고 하던데요?"

"아니, 누가 그런 말도 안 되는 소리를 한답니까?"

"말도 안 된다고요? 그렇다면 최근의 블랙리스트 사건에 대해서는 어떻게 생각하십니까?"

"블랙리스트는 없다고 하잖습니까!"

"하지만 블랙리스트가 있다는 증거가 사방에 있는데요?"

기자들이 몰려들고 카메라와 마이크는 계속 쏠리는 그때, 누군가 그에게 물었다.

"지금 그 대답은 당에서 내려온 건가요, 아니면 자의적 판단입니까?"

"당이라니 그게 무슨……?"

"이번 일을 당에서 했다는 증거가 명확한데요? 이런 경우의 대답도 당에서 정해서 내려보낸 겁니까?"

"아닙니다!"

"그러면 개인적 답변입니까? 하지만 블랙리스트는 이미 존재한다는 게 증명되었는데요!"

사장은 말을 할 수가 없었다.

무슨 말을 해도 공격받을 상황이라는 걸 알아차렸으니까.

"나는 할 말이 없습니다."

그는 다급하게 방송국 안으로 들어갔지만 그렇다고 해서 기자들이 멀어지는 것은 아니었다.

도리어 몇몇은 집으로 가서 기다리겠다고 발길을 돌렸다.

"아, 미치겠네."

잠잠해질 거라 생각해서 기다리고 있었는데 뜬금없이 자신에게 블랙리스트라는 불똥이 튀어 버렸다.

"일이 너무 커지는 것 같은데요, 사장님. 어떻게 하죠?"

"어떻게 하기는 어떻게 해! 이미 내려온 거야! 정부에서 말씀하셨잖아! 블랙리스트는 공식적으로 없어! 출연 금지시켜!"

"알겠습니다."

사장의 말에 부하는 고개를 끄덕거렸다.

그럴 거라 생각은 했으니까.

"어차피 저런 놈들 한두 번 봐? 시간 지나면 잠잠해질 거야!"

사장은 그렇게 생각했다.

일반적인 경우라면 그럴 것이다.

하지만 상황은 요상하게 돌아가기 시작했다.

⚖

블랙리스트. 정부에서 공식적으로 부정한 명단.

"그리고 그 블랙리스트는 존재하되 존재하지 않지요."

회귀 전에는 그게 외부에 드러나서 명확하게 이름이 밝혀졌지만, 현재는 존재가 의심은 되지만 그 이름 자체가 드러나지는 않았다.

"하지만 말일세, 블랙리스트라는 걸 가지고 걸고넘어지기에는 부담이 너무 심하거든. 개나 소나 다 블랙리스트라고 주장할 수도 없고."

진짜 연기가 안되어서, 또는 인기가 없어서, 아니면 인성이 너무 나빠서.

방송에 출연하지 못하는 사람들은 많다.

하지만 그렇다고 해서 그들이 다 블랙리스트에 올라간 건 아니다.

특히나 인성이 안 좋은 대상은 무슨 리스트에 올라서가 아니라 PD가 기피하는 것이 일반적이다.

"그들을 다 걸고넘어지면 숫자도 너무 많아."

송정한은 고개를 흔들었다.

단순 조연 자리 하나 두고도 수백 명이 치열하게 싸우는 게 방송계다. 그런데 누군가가 블랙리스트라는 걸 들이밀기 시작하면 여러모로 검증이 힘들어진다.

"그래서 제가 송정한 의원님을 조용히 찾아뵌 겁니다. 송 의원님이 꺼내야 하는 이슈는 블랙리스트가 아니거든요."

"뭐? 그게 무슨 말인가?"

"블랙리스트는 이미 충분히 이슈화되었습니다."

송정한이 아니라고 하더라도 많은 사람들이 그걸 가지고 정부와 자유신민당을 물어뜯고 있다.

"그러니까 이쪽은 한발 앞서서 이슈를 선점해야지요."

"뭘 가지고 이슈를 선점한다는 건가? 그리고 그런다고 사장들이 마음을 바꿀까?"

"바꿀 수밖에 없을 겁니다. 제가 들이밀 건 화이트리스트 니까요."

"화이트리스트?"

"네."

화이트리스트. 블랙리스트의 정반대. 지원 대상을 의미하는 용어다.

"방송계에 화이트리스트가 있다는 건 다 아시죠?"

"알지. 그걸 모르지는 않지."

인기도 없거나 실력도 없는데 이상하게 방송에 잘 나오는 사람들.

어떤 욕을 먹어도 절대 잘리지 않는 사람들.

"오죽하면 한 사람이 하차를 안 하니까 프로그램을 통째로 날려 버리기도 하죠."

그는 화이트리스트에 올라가 있는 것이다.

그러니 PD가 자르고 싶어도 못 자르는 것이다.

"그리고 인기라는 건 지금을 기준으로 만들어지는 거죠."

"그렇지?"

"전에 하신 말씀이 있지요. 이게 인기가 떨어져서 출연이 막힌 건지 아니면 출연이 막혀서 인기가 떨어진 건지 알 수 없다고."

"그랬지."

송정한은 고개를 끄덕거렸다.

그리고 그다음 말에 입을 쩍 벌렸다.

"그러면 그 반대는 안 될까요?"

"반대?"

"네, 이 사람이 화이트리스트에 들어가서 인기가 올라간 건지 아니면 인기가 있어서 화이트리스트에 올라간 건지 판단할 방법은 없죠."

"그건……."

없다. 중요한 것은 그가 인기를 얻었다는 것뿐이다.

"하지만 그런다고 해서 뭐가 바뀐단 말인가?"

"바뀌죠. 방송국 출연자들이 사라질 테니까."

"응?"

"만일 송 대표님이 그 의혹을 들이밀면, 방송국에서 인기가 한창 좋은 연예인들은 입장이 곤란해집니다."

화이트리스트에 올라갔다는 것.

그건 북한식 표현을 빌리자면 당과 수령에게 충성을 다한다는 소리나 마찬가지다.

"그리고 현재 블랙리스트 때문에 그런 이미지가 더욱 강하죠. 실제로 보수 쪽 이미지를 가진 연예인들이 잘나가기도 하고요."

"그래서?"

"문제는 연예인들에게 중요한 건 정치가 아니라 인기라는 거죠."

지금 상황에서 인기가 좋은 사람이 갑자기 화이트리스트 대상으로 의심받기 시작한다면?

정부와 자유신민당에 대한 미움과 의심이 그쪽으로 쏠릴 수밖에 없다.

"그러면 그는 어떤 방법을 써야 할까요?"

"아하! 그렇군!"

그는 자기는 화이트리스트에 들어가지 않았다는 주장을 해야 한다.

"그리고 그런 상황이라면 그들에게는 미안하지만, 사상 검증이 들어갈 겁니다."

만일 그러한 사상 검증에서 그가 현 정권에 대해 우호적으로 표현하거나 리스트는 출연과 관계없다는 말만 계속한다면 그의 인기는 사정없이 떨어질 것이다.

정부와 그를 동일하게 볼 테니까.

"그리고 방송국은 인기 좋은 사람들을 출연시킬 수가 없게 되죠."

사람들이 잘 모르는데, 방송국도 결국은 기업이다.

돈을 벌지 못하면 휘청거린다.

"방송국 입장에서는 죽을 맛일 겁니다."

블랙리스트에 올라간 사람들을 지금까지처럼 줄줄이 막자니 방송 자체가 불가능해질 테니까.

"그리고 사상 검증을 할 정도로 인기가 있는 사람은 그다지 많지 않지요."

물론 정부에서 블랙리스트와 화이트리스트를 공개한다면 문제가 안 될 테지만 정부에서는 그걸 공개할 리가 없으니, 결국 연예인들은 울며 겨자 먹기로 한쪽을 선택해야 할 것이다. 정부 아니면 이쪽으로.

그리고 정부 쪽을 선택하면 화이트리스트 대상이라는 걸 인정하는 꼴이니까 결국…….

"허허허."

송정한은 헛웃음이 나왔다.

연예계가 사회에 가지는 위력은 어마어마하다.

그런데 노형진의 계획대로라면 정부는 어쩔 수 없이 진보 측 연예인들 역시 출연시켜야 한다. 만일 사상 검증에서 자기들을 선택한 사람들만 골라서 출연시키기 시작하면, 방송 자체가 망하고 블랙리스트를 인정하는 꼴이 될 테니까.

"그건 알겠는데 나는 왜 불렀나?"

유민택은 고개를 갸웃했다. 비밀리에 할 이야기가 있다고 해서 왔는데 자신과 전혀 상관없는 이야기다.

"기회니까요."

"기회? 무슨 기회?"

"화이트리스트는 공개되지 않았지만, 명백하게 화이트리스트에 들어간 사람들이 분명 존재하거든요."

"그건 그렇지."

보수라고 해서 무조건 실력이 떨어지는 건 아니다.

실력과 사상은 전혀 상관없다.

"사상 검증의 피바람이 연예계를 강타하면 가장 먼저 두들겨 맞는 건 그들일 겁니다."

누가 봐도 화이트리스트에 올라간 사람들.

평소에도 대놓고 보수 계열을 지지하던 사람들.

"그들의 출연이 순간적으로 막힐 겁니다."

"반작용 말이군."

송정한이 화이트리스트를 지적하고 공격하면 분노한 국민들의 공격은 그쪽으로 쏠릴 것이다.

"네. 뭐, 길게 가지는 않겠지만요."

"흠…… 그래서?"

"그들은 출연할 곳이 없지요. 그렇지만 다른 나라에서는 우리나라 사상 같은 건 상관하지 않죠. 중요한 건 인기일 뿐."

"오호라."

사업을 하는 사람답게 유민택은 눈치가 빨랐다.

"한류 말이군."

"네."

그쪽 사람들은 여기의 정치적 싸움에 아무런 관심도 없다.

중요한 건 자기가 좋아하는 사람들의 방송 출연 여부다.

"아무래도 인터넷 방송의 문제점은 인지도 있는 사람들이 출연을 기피한다는 거죠."

"하지만 이번에는 아니다?"

"네."

모든 출연이 막혔을 경우, 누군가는 쉬려고 할 수도 있다.

하지만 누군가는 다급하게 활동을 계속해야 한다.

특히 한류 같은 건 오래 쉬면 그 타격이 크다.

"그리고 전 세계로 수출하는 인터넷 방송국은 대룡 소속이
지요."

출연료가 문제가 아니라 자신들의 적극적 홍보가 문제다.

화이트리스트는 단순히 연예인만의 문제가 아니다.

그 소속사 사장의 문제이기도 하기 때문에, 송정한이 소속사
사장까지 걸고넘어지면 연예인들은 골치 아플 수밖에 없다.

"이번 기회에 지명도 있는 연기자들의 출연을 확대할 수
있겠군."

"맞습니다."

그리고 모든 것은 처음이 어렵지 나중은 쉽다.

지금 대룡의 인터넷 방송국은 지명도 있는 사람이 잘 안
온다. 하지만 몇몇이 출연을 시작하면 나중에 오는 사람들도
좀 더 맘 편하게 들어온다.

"대룡이 더 확실하게 자리를 잡을 수 있는 기회죠. 이번에
저희를 도와주셨으니 저희도 보답을 해야지요."

"으하하하! 자네는 진짜 상상 이상이야!"

인터넷 방송국의 가장 큰 문제점을 한 번에 해결한 노형진.

그 덕분에 유민택은 속이 시원한 기분이었다.

"저도 뭐, 좋은 게 좋은 거라고 생각합니다."

"좋은 게 좋은 거다?"

"네. 제가 이번에 싸운 건 진보나 보수의 문제가 아니라 블랙리스트라는 선택의 문제입니다. 그리고 보수라고 해서 생계를 다 틀어막을 수는 없죠."

그들의 사상이 잘못된 게 아니다.

다만 정치인들이 잘못된 것일 뿐이다.

그들이 저지른 일의 책임을, 보수라는 이유로 연예인들에게 물을 수는 없다.

"최소한 호구지책은 만들어 줬으니까 저도 책임은 다한 겁니다."

노형진은 씩 웃었다.

"우리는 기회를 드릴 뿐, 선택은 국민이 하는 거니까요."

그리고 노형진에게는 그게 가장 중요했다.

국뽕 vs 국뽕

　대동의 내전은 노형진과 대룡이 원하는 대로 점점 더 격렬하게 이루어지고 있었다.

　양쪽 다 첨예하게 대립하고 있는 상황.

　"하지만 별 타격은 없단 말이지."

　유민택은 떨떠름한 표정으로 말했다.

　"서로 좀 타격이 가야 하는데 뭐랄까, 좀 정체된 느낌이야."

　"그럴 만하죠. 그동안 얼마나 치고받았습니까? 잠깐 숨 돌릴 틈이기는 하죠."

　"그렇기는 한데."

　유민택은 마음에 안 든다는 듯 툴툴거렸다.

　"우리한테 싸움 안 거는 건 좋은데 말이지, 우리도 마냥 구경만 하고 있는 것도 영 마음에 안 들어."

"그 안에서 뭐라도 빼먹고 싶으신 거군요."

"그래, 내가 당한 것도 있고 말이지."

"그런데 제가 뭘 해 드릴 게 없을 것 같은데요?"

"어허, 왜 이러시나? 대룡의 지혜주머니 아닌가?"

노형진은 피식 웃었다.

물론 많은 것을 해 준 것은 사실이다.

그리고 그 안에서 적지 않은 수임료를 받았다.

사실 대룡에서 받은 수임료만으로도 노형진은 공식적으로
대한민국 수임료 1위다.

물론 비밀리에 딴 주머니를 찬 변호사들이 나서면 상황이
좀 달라지겠지만.

"그렇다고 대동과 싸울 생각은 없지 않습니까?"

"그건 그렇지. 그들 모르게 뭐든 해 보고 싶은데 말이지,
애석하게도 우리 쪽 사람들은 너무 뻔한 방식을 쓰더군."

물론 그게 나쁜 방법은 아닐 것이다.

하지만 이쪽에서 너무 노골적으로 들어가면 그 둘이 일단
대룡을 처리하고 다시 싸우자는 식으로 손을 잡아 버릴 수도
있다.

"그러니 조용히 처리해야 하는데 말이지. 자네가 봤을 때
뭐 방법이 없겠나?"

"글쎄요. 기업을 사 올 수는 없고."

물론 지금 내전 중이고 양쪽 다 총알이 충분한 건 아니니 대룡이 나서서 뭐라도 사려고 한다면 팔기는 할 것이다.

　'하지만 그럴 만한 기업이야 뻔하지, 뭐.'

　핵심은 당연히 안 팔 테고, 설사 판다고 해도 대동의 성향을 생각하면 나중에 그걸 되찾아 가기 위해 별의별 짓을 다 할 것이다.

　"그건 타초경사의 우를 범하는 겁니다."

　"그렇지. 그래서 자네에게 의뢰를 하려고 하는 거야."

　"요즘 돈이 넘치시나 봅니다?"

　"뭐, 적지는 않지."

　대룡은 승승장구하면서 적지 않은 수익을 내고 있다.

　그래서 여유 자금은 충분한 편이다.

　당장 인터넷 방송국에서 매년 해외에 팔고 있는 작품들의 숫자도 적지 않고, 작품 자체는 팔지 않아도 공중파에서 쓰지 않았던 참신함 아이템을 사 가는 방송국도 적지 않다.

　"문제는 이걸 쥐고 있어 봤자 새끼치기하는 돈은 아니라는 거지."

　"무슨 뜻인지 알겠습니다."

　돈을 벌기 위해서는 돈을 쓰는 것도 중요하다.

　그런데 한국은 요즘 대혼란 그 자체다.

　상황이 좋지 않다 보니 투자를 하기도 애매하다.

　"확실히 일본 쪽이 조금씩 경제가 살아나고 있으니 거기에 투자하고 싶은데……."

"하는 김에 대동에 장난을 치고 싶으시다?"

"그래."

노형진은 턱을 슥 문질렀다.

"방법이 없는 건 아닙니다."

"그래? 뭐 좋은 방법이 있다면 나야 좋지."

"하지만 돈이 많이 들 텐데요."

"뭐, 자네가 하는 방법은 그렇게 말하고 실제로는 그다지 큰돈이 들지는 않더군. 얼마나 들겠나?"

유민택은 그렇게 말하며 무심결에 주스를 입으로 가져갔다.

하지만 그다음 순간 절로 기침이 나왔다.

"한 1조 정도?"

"쿨럭!"

노형진이 아무리 세계적인 재벌이 되었다고 하지만 절대 작은 돈이 아니다.

성장한 대룡 입장에서도 절대 작은 돈이 아니고.

"1조? 지금 농담하나?"

"농담 아닙니다. 진짜입니다. 만일 회장님이 하신다고 하면 저도 돈을 좀 투자하고요."

유민택은 얼굴이 핼쑥해졌다.

"1조라니……. 그 정도 돈은 없네. 기껏해야 5천억 정도야."

"천하의 대룡이요?"

"천하가 아니라, 그것만 하는 게 기업은 아니지 않나? 그정도 돈을 처박으면 다른 일은 무슨 돈으로 하라고?"

"흠…… 그건 그렇군요."

노형진은 고개를 끄덕거렸다.

"하지만 성공하면 두 배, 아니 세 배까지 가능할 텐데요. 순수익만으로요. 물론 대동의 가치 하락은 당연하고요."

"뭐?"

순간 유민택의 눈빛이 격하게 떨렸다.

"수…… 순수익으로?"

"네."

"컥!"

기업이 매출이 몇조라고 하지만 그건 어디까지나 매출이다.

즉, 원가와 기타 경비를 빼지 않은 비용.

매출이 3천억이라고 해도 순수익은 마이너스일 수도 있다.

반대로 매출이 300억이지만 순수익이 100억일 수도 있고.

순수익 3조. 절대 가벼운 단어가 아니다.

"손해는 절대 안 봅니다."

"끄응…… 아니…… 하지만 그 정도 돈을 대동 몰래 움직이기에는……."

"외부 대출 형식으로 빌려서 하면 되죠."

"마이스터 말인가?"

"네. 하게 되면 마이스터도 어차피 같이할 테니까."

"끄응…… 끄응……."

유민택은 한참을 고민했다.

하지만 이내 입술을 깨물었다.

사업을 할 때 중요한 건 과감성이다.

기회가 왔을 때 그 기회를 잡지 못한다면 그는 사업을 할 사람이 아닌 것이다.

"자네 계획을 좀 들어 볼 수 있을까?"

"주식을 가지고 장난칠 겁니다."

"뭐? 지금 주가조작을 하겠다는 건가? 하지만 그건 불법일세!"

주가조작을 한다면 세 배가 문제인가? 잘만 하면 수십 배도 당겨 올 수 있다.

하지만 그건 명백하게 불법이다.

"물론 주가조작은 안 합니다. 아니, 한다고 해야 하나?"

"응?"

"법률적으로 주가조작은 자본을 투자해서 주식의 가치를 인위적으로 올리거나 내리는 걸 뜻하죠."

"그렇지."

"하지만 불가항력의 외부 영향으로 주가가 변동하는 건 이야기가 달라지죠."

"아니, 그 외부 영향이 불가항력이라니 그게 말이나 되나? 애초에 불가항력이라는 말이 인간이 어쩔 수 없다는 의미인데."

"아니요. 그건 어쩔 수 없는 게 아닙니다."

노형진은 씩 웃었다.

"다만 그렇게 보이면 된다는 거죠, 후후. 우리가 직접 주식으로 장난만 치지 않는다면 아무런 문제가 없습니다. 법의 허점이라는 거죠."

"법의 허점……."

능력 있는 변호사의 소양. 그건 법을 잘 이용하는 것이다.

잘 이용한다는 게 법률적 방어만 뜻하는 것은 아니다.

법률상의 허점을 이용하는 것도 포함된다.

"그 계획, 자세하게 들을 수 있을까?"

⚖

"아버지는 신동성을 용서할 생각이 없어 보이더군요."

노형진에게 불려 온 신동하는 어깨를 으쓱했다.

"용서할 리가 없죠."

신동성이 신동우만 제치려고 했다면 모를까, 회장인 신강수까지 제치려고 했다.

아무리 신강수가 이제 은퇴를 생각하는 나이라고 하지만 자의에 의해 물러나는 것과 타의에 의해 쫓겨나는 것은 상황이 전혀 다르다.

"지금은 거의 총력전이 되어 가고 있습니다. 문제는 돈이죠."

내전이라고 해서 돈이 안 드는 게 아니다.

아니, 내전이기에 돈은 더 든다.

외부의 적과 싸울 때는 서로 힘을 합치지만, 내부에서 싸울 때는 서로 힘을 나누니까.

'거기에다 내전이라는 것은 결국 정해진 파이라는 거지.'

외부의 세력과 싸울 때는 휴전이나 종전같이 적당한 합의를 통해 싸움을 멈출 수 있다.

하지만 내전은 아니다.

내전은 중간에 멈출 수가 없다.

죽기 아니면 살기다.

물론 합의를 통해 재산을 분할할 수도 있다.

하지만 그건 어디까지나 내전이 벌어지기 전의 협상 문제이지, 내전이 벌어지면 그 모든 게 자기 재산처럼 느껴지기 때문에 절대로 합의를 하지 않으려고 한다.

"뭐, 저도 그 덕분에 꿀 좀 빨았습니다만."

신동하는 어깨를 으쓱했다.

그는 비밀리에 한국으로 입국했다.

노형진과 대룡과 손잡은 이상 긴밀하게 문제를 해결해야 하니까.

"그나저나 저를 오라고 하신 걸 보니 중요한 이야기가 있으신 모양인데요?"

신동하의 말에 노형진은 캔 맥주를 건넸다.

그러자 신동하는 그걸 받아 쭉 마시고는 오징어 하나를 안주 삼아서 씹으며 물었다.

"제가 할 일이 있나요?"

"할 일은 없습니다만 내부에 좀 알아볼 게 있어서요."

"내부에요?"

"지금 대동과 대동 계열사의 주식 거래 상황이 어떤가요?"

"뭐, 거래가 활발하기는 하죠. 한창 주식이 최고가인 상황이고."

노형진은 피식 웃었다.

"그건 예상했습니다."

"뭐, 어려운 예상은 아니지 않습니까?"

완벽하게 방음이 된 연습실. 이곳이 이들의 비밀 회동 장소였다.

"주식가격을 물으려고 저를 여기까지 부르신 건 아닐 텐데요?"

그건 인터넷만 찾아보면 나오는 거다.

사실 주식가격은 오를 수밖에 없다.

신동우와 신동성의 싸움은 궁극적으로 지분율로 판가름 난다.

당연히 그 둘은 어떻게 해서든 한 주라도 더 사려고 혈안이 되어 있다.

"그래서 드리는 말씀인데요, 혹시 신동하 씨는 내부에 들어가실 생각 있습니까?"

"내부요? 그게 무슨 말씀이십니까? 저보고 그룹 내부로 들어가라고요?"

"네. 정확하게는 주주가 되시라는 겁니다."

"그게 쉬울까요?"

엄밀하게 말하면 신동하는 회사에서 외부의 사람이다.

그가 자수성가하기는 했지만 회사와는 전혀 상관없이 일어난 사람이니까.

"더군다나 한창 가격이 비쌀 때입니다. 제가 닥닥 돈을 긁어도 그다지 큰돈이 되지는 않을 텐데요."

물론 엔터테인먼트에서 나름 성공한 그지만 아직은 신동우와 신동성 사이에 끼어들 만큼 자본을 가지고 있지는 않다.

"하물며 저는 우호 지분을 가지고 있는 건도 아닌데."

"대룡이 우호 지분을 가지면 이야기가 달라지지요."

"네? 그게 무슨 말씀이십니까?"

신동하는 눈을 게슴츠레 떴다.

대룡이 싸움에 끼어든 건 알고 있다.

그리고 자신을 대리인으로 내세운 것도 알고, 이미 그쪽과 함께하기로 마음을 먹었다.

"하지만 대룡이 대동의 주식을 그리 많이 가지고 있지는 않을 텐데요."

"압니다. 그래서 제가 신동하 씨를 불러온 겁니다. 많이 살 예정이거든요."

"지금요? 멍청한 소리입니다. 지금 주식가격이 얼마나 올랐는데요."

"저는 더 올릴 생각입니다."

노형진의 말에 신동하는 눈을 찌푸렸다.

지금도 서로 주식을 사 대는 통에 가격이 절대 낮은 게 아니다. 그런데 더 올리겠다고?

"무슨 말씀이신지?"

"저와 대룡이 이번에 대동의 주식을 긁어모으기로 했습니다. 그리고 상황이 된다면 신동하 씨의 우호 지분으로 나설 생각입니다."

"우호 지분⋯⋯."

신동하는 자신도 모르게 침을 삼켰다.

세상에 어떤 사장도 절대적으로 자기 지분이 많지는 않다.

대부분은 우호 지분이라고 불리는 기업에서 보유한 지분으로 기업을 경영한다.

어떤 식이냐면, 자신이 80%의 지분을 소유한 제삼의 기업에서 본기업의 지분 40%를 가졌다면, 그는 제삼 기업의 주주권을 행사함으로써 본기업의 지분 40%를 운영할 수 있게되는 식이다.

그게 가장 흔하고, 그 외의 다른 방식으로는 주변 회사들이 그를 적극적으로 지지하는 것이 있다.

"대룡 정도의 기업이 우호 지분으로 등장한다면 목소리를 더 높일 수 있을 텐데요."

"아니, 그건 가능한데요⋯⋯."

신동하의 목소리가 저절로 떨려 나왔다.

그는 외부에 있을 뿐, 내부에 들어갈 생각은 못 했다.

하지만 지금 노형진은 그에게 내부에 들어갈 생각이 있느냐고 묻고 있었다.

'이게 꿈이냐, 생시냐?'

그 차이는 어마어마하다.

외부에 있을 뿐이라면 아무리 노력해도, 아무리 핏줄이 묶여 있어도 외부인. 당연히 회사를 집어삼킬 수는 없다.

하지만 내부에 들어갈 수 있다면?

그러면 회사를 집어삼킬 수도 있다.

다른 곳도 아닌 대동을 말이다.

"그게 가능한가요?"

"물론 불가능하지는 않습니다. 단, 신동하 씨가 적극적으로 도와주신다는 가정하에요."

"어차피 같은 배를 탄 상황입니다. 그러니 걱정하지 마세요."

"그렇다면 일본으로 돌아가셔서 극우 세력과 손잡아 주세요."

"네?"

신동하는 눈을 찌푸렸다.

극우 세력과 이번 일이 무슨 관련이 있단 말인가?

"대동은 일본 기업이죠."

"그런데요?"

"이제 일본을 대일본 제국의 기업으로 만들 시간입니다."

"네?"

신동하는 어리둥절할 수밖에 없었다.

⚖️

베트남으로 향하는 길.

노형진은 성주아 이사와 함께하고 있었다.

성주아 이사의 얼굴에는 걱정이 잔뜩 어려 있었다.

"계획대로라면 문제가 되지 않을까요?"

"글쎄요, 법적으로는 문제가 안 될 겁니다. 도의적으로는
문제가 될지도 모르지만."

노형진은 어깨를 으쓱했다.

"과연 알아낼 수나 있을까요?"

"그건 그런데……."

지금까지 기업끼리의 전략은 상대방 주식을 폭락시키기
위한 경우가 대부분이었다.

하지만 주식의 가격을 올리기 위한 전략이라니. 이건 전혀
생각도 못 했던 일이었다.

"우리는 우리 일을 하면 됩니다. 그 이후에 벌어질 일은

하늘에 맡겨야지요."

"들어가는 돈에 비해서는 너무 위험한 일 아닌가요?"

이미 대룡은 사방에서 돈을 닥닥 긁어서 위험한 투자를 했다.

만일의 경우 이번 일이 틀어지면 대룡은 심각한 타격을 입으며 유민택의 경우는 자리를 보전하지 못할 수도 있다.

"뭐, 걱정하지 마세요. 저쪽은 우리 미끼를 물 수밖에 없을 테니까."

노형진은 씩 웃으면서 차를 타고 어디론가 향했다.

그리고 그곳에는 한 남자가 노형진을 기다리고 있었다.

"미스터 노, 기다리고 있었습니다."

노형진이 웃으며 손을 내밀자 남자는 환한 얼굴로 그 손을 잡았다.

"성주아 이사님도 오랜만에 뵙네요."

"반갑습니다, 최 실장님."

성주아는 그에게 인사하면서 미안한 표정이 되었다.

최 실장. 좋게 말해서 실장이지, 그는 대룡의 그림자 조직 소속이다.

각국에 나가 있는 일종의 정보원 겸 밀정.

그들은 공식적으로 대룡 소속도 아니다.

그리고 성주아는 그런 조직을 전담하는 이사였다.

여자가 그런 조직을 전담한다는 결정이 내려졌을 때 대룡 내에서는 많은 우려가 있었지만, 그녀는 자신의 능력을 십분

발휘해서 그 불만을 잠재웠다.

"이야기는 들었습니다. 이번 건은 어마어마하더군요. 지금까지 우리가 했던 프로젝트 중에서 최고던데요?"

"아마도 미래에도 이런 프로젝트는 없겠지요."

성주아도 말을 하면서 우려가 섞인 표정이었다.

"우리 조직이 그다지 오래된 것도 아니니까 아무래도 걱정되는 것도 사실이고……."

원래 대룡에는 이런 조직이 없었다.

물론 국내는 모르지만 최소한 해외에서까지 이런 조직을 운영하지는 않았다.

하지만 미국에 진출할 당시 성화가 음식을 조작하면서 하마터면 미국에서 쫓겨날 뻔한 사건이 있던 이후, 대룡은 이런 조직이 해외에도 필요하다는 것을 인정하고 새롭게 만든 것이다.

21세기 인터넷이 발달한 현시대에 해외에서 뭔가 터지면 국내에도 영향을 준다는 것을 느낀 것이다.

"걱정하지 마세요. 우리가 누굽니까? 절대로 안 걸릴 겁니다."

최 실장이라는 남자는 자신 있게 말했다.

이곳에서 조용히 일하면서 비밀리에 인맥을 쌓아 왔기에 그 준비는 완벽했다.

"그래서 정치인들 중에 적당한 사람들이 있나요?"

"씨안펑이라는 친구가 있습니다. 국회의원은 아닙니다만."

"미리 말씀드렸지만 국회의원은 안 됩니다."

노형진은 혹시나 해서 미리 선을 그었다.

"국회의원은 어쩔 수 없이 정치적 논리에 끌려갑니다."

"압니다. 그래서 그를 고른 겁니다. 씨안펑은 나이 42세로, 정치를 하는 사람들 중에서는 그래도 젊은 편입니다. 다만 그 젊은 나이와 극우적인 성향 때문에 국회에는 입성하지 못했습니다."

최 실장은 그에 대해 자세하게 설명을 했다.

"현재 그는 베트남의 극우 단체를 이끌고 있고 그 아래에 여러 극우 베트남 세력들이 몰려 있습니다."

"좋네요."

"하지만 그렇다고 해도 그 정치적 영향력은 그다지 크지 않습니다. 베트남의 구조상 어쩔 수 없습니다."

베트남은 구조상 해외에 많이 기대는 편이다.

산업이 발전한 것도 아니고 자원이 많은 것도 아니다.

기본적으로 관광이 가장 큰 수입원이며, 산업 역시 이제야 개발하고 있는 상황이다.

"아직까지 일본의 손아귀에서 벗어나지 못한 게 베트남입니다."

최 실장은 차분하게 설명을 이어 갔다.

"압니다. 그래서 제가 정치인은 안 된다고 한 겁니다. 분명 일본 정부의 압력에 굴복할 테니까요."

실제로 베트남에서도 수많은 여자들이 일본군에 위안부로 끌려갔었다.

그리고 사람들의 기증으로 베트남에 위안부 동상이 세워졌지만, 불편하다는 대사관의 말 한마디에 정부는 그 동상을 때려 부숴 버렸다.

"하지만 그렇다고 해서 베트남 사람들이 일본인들을 좋아하는 건 아니죠."

한국의 70~80년대와 비슷하다고나 할까?

감정적으로 일본에 적대감을 가지고 있지만 일본의 투자와 기술이 필요하기에 일단은 웃는 얼굴로 대하는 상황.

"그걸 우리가 뒤집을 겁니다."

노형진은 씩 웃으며 말했다.

"그러면 그분을 만나서 이야기해 보죠."

씨안펑은 베트남의 극우 세력을 이끄는 사람이었다.

물론 그 세력은 무척이나 약했다.

베트남의 특성상 어쩔 수 없는 현실.

하지만 그렇다고 해서 그에게 정치적 감각이 없는 것은 아니었다.

"일본을 공격하는데 도와 달라?"

"네."

"내가 그럴 이유가 있나?"

씨안펑은 눈앞에 있는 남자를 바라보았다.

노형진이라고 자신을 소개한 남자.

그가 내민 조건은, 자신에게 힘을 줄 테니 일본과 대신 싸워 달라는 것이었다.

정확하게는 싸워 달라기보다는 일종의 얼굴마담을 해 달라는 것이었다.

"저도 일본을 별로 안 좋아하거든요. 적의 적은 아군이라는 말이 있지요."

"하긴, 일본에 당한 아시아 국가가 우리만 있는 것도 아니니."

전 세계에서 일본이라고 하면 이를 악무는 나라가 한두 곳이 아니다.

다만 일본의 경제력 때문에 고개를 숙이고 있을 뿐.

"그래서 우리가 일본에 한 방 먹일 생각인데, 그러기 위해서는 누군가 나서야 합니다."

"왜 나더러 나서라는 거지? 그런다고 해서 우리가 바뀌는 게 있나?"

"바뀌는 건 없지요. 하지만 일본에 부담을 안길 수는 있습니다."

"흠……."

"전쟁이라는 게 그런 거죠. 뭔가를 얻기 위해 하는 경우도 있지만, 일단 상대방이 잘되는 걸 막기 위해서도 전쟁은 벌어집니다."

"그건 그렇지."

"그리고 이번 계획이 제대로 된다면 베트남 내부에 반일 세력의 규모가 커질 겁니다."

노형진은 그렇게 말하면서 속으로 씩 웃었다.

'그리고 그 반작용으로 친한파의 세력 역시 커지겠지.'

아시아에서 베트남에 투자나 기술이전을 해 줄 수 있는 것은 한국과 일본 정도뿐이다.

중국은 극단적 이기주의로 쥐어짤 줄만 알지 기술 자체는 그다지 수준이 높지 않고, 러시아는 동남아시아보다는 유럽 쪽에 더 관심이 많다.

"언제까지 아웃사이더 취급을 받으실 겁니까?"

말이 좋아서 아웃사이더 취급이지, 사실 거의 존재감이 없는 게 베트남의 극우파다.

세상에 극우파가 없는 나라는 없지만 베트남은 그럼에도 불구하고 세력이 너무 약했다.

"세력의 확장이라."

씨안펑은 고민을 잠깐 했다.

자신이 손해 보는 것은 없다.

아니, 장기적으로 보면 사회적으로 자신의 영향력은 엄청나게 성장할 수밖에 없다.

그런 만큼 해 볼 가치는 분명 존재한다.

"실패한다고 해도 문제가 될 것은 없고?"

"없습니다. 여러분들이 손해 볼 게 뭐가 있습니까? 물론 욕이야 좀 먹겠지요. 하지만 뭐 그런다고 손해배상이 청구되겠습니까, 어쩌겠습니까?"

"하긴, 그건 그렇군."

자신들이 하고자 하는 일은 불법이 아니다.

그러니 손해배상을 청구할 일은 없다.

'다만 국뽕을 조금 건드릴 뿐이지.'

노형진은 본심을 감췄고 씨안펑은 고개를 끄덕거렸다.

사전에 이야기는 들었다. 자신들은 손해 볼 게 없다.

"좋아. 그러면 시작하지."

"감사합니다. 우리가 여러분들에게 최대한의 이득을 안겨 드리겠습니다."

노형진은 살짝 미소를 지었다.

⚖

얼마 후 베트남에서는 새로운 운동이 벌어졌다.

사실 운동이라고 하기도 애매했다. 운동의 목적도 애매했고, 그 가능성도 그다지 높지 않았으니까.

―시대가 바뀌었습니다. 베트남이 자체적으로 기업을 만들고 키우는 것을 세계열강은 원하지 않습니다. 보십시오. 그들은 베트남에 기업을 만들어 싼 인건비로 동지들을 쥐어짜고 그 이익금은 부르주아들에게 흘러갑니다. 일본은 그런 식으로 우리를 쥐어짜 왔고, 앞으로도 그럴 겁니다!

씨안펑의 말.

틀린 말은 아니었다.

개발도상국들의 가장 강력한 무기는 싼 인건비다. 외국 기업들은 개발도상국들에서 만든 물건을 외부에 수출해서 비싼 가격에 팔고 그 돈을 다 본사에서 가지고 간다.

그건 누구에게나 다 알려진 사실이었다.

거기까지만이라면 사람들에게 그다지 큰 이슈가 되지는 않았을 것이다.

하지만 씨안펑은 생각지도 못한 주장을 꺼냈다.

개발도상국에서는 상상도 못 할 행동을 시작한 것이다.

―우리는 세계적 기업을 만들지 못하게 방해받고 있습니다. 하지만 우리가 세계적인 기업을 가지지 못하리라는 법은 없습니다. 세계적인 기업이라는 것은 결국 그 주식을 가진 나라가 지배자입니다. 여러분! 우리가 주식을 모아야 합니다. 우리가 주주로서 그 주식을 가지고 있으면 우리가 그 기업의 주인이 됩니다. 노동자로서 그 회

사의 월급을 받는 것보다, 주주로서 그 회사의 주식을 소유합시다! 그래야 세계적 기업을 우리가 가질 수 있습니다. 우리는 앞으로 나아가야 합니다! 우리는 일본 대기업의 주식을 가짐으로써 그들을 지배할 수 있습니다. 우리의 첫 목표는 대동입니다! 저는 전 재산을 다 투자해서 대동의 주식을 사겠습니다! 그렇게 함으로써 일본의 기업을 우리 자랑스러운 베트남 기업으로 만들겠습니다!

씨안펑의 기자회견과 강력한 발언은 사람들의 귀를 자극했다.

"하지만 이것만 가지고는 부족하지요."

노형진은 성주아를 보며 말했다.

"선동의 가장 확실한 방법은 결국 뭔가를 보여 주는 것이거든요."

"그건 그런데……."

성주아는 입술을 깨물었다.

"우리가 목표한 만큼 가격이 오르지 않으면 어쩌죠? 선물 옵션이라는 게 그렇게 쉬운 게 아닌데 그 정도까지 오를까요?"

선물 옵션. 주식시장에서 쓰는 단어다.

쉽게 말해서 주식시장에서 어떤 조건을 달고 주식을 거래하는 건데, 그 조건이 달성되면 투자자는 엄청난 이득을 챙기지만 실패하면 투자한 돈은 모조리 날린다.

지금 대룡은 그 선물에 어마어마하게 투자한 상황이다.

"걱정하지 마세요. 됩니다."

"후우."

성주아는 입술을 깨물었다.

이제 와서 후회하며 돌이킬 수도 없다.

돈은 이미 들어갔고, 여기서 주저하면 100% 날리는 돈이 될 뿐이다.

"케세라세라."

"그거 몇 년 전 주문입니까?"

될 대로 되라고 말하면서 버튼을 누르는 성주아.

노형진은 그 모습을 보고 피식 웃으면서 그 또한 버튼을 눌렀다.

그러자 어마어마한 돈이 계좌에서 쑥 빠져나갔다.

이제 이 돈은 돌고 돌아서 씨안펑에게 흘러갈 것이다.

"사람들은 보이지 않으면 모를까, 보이면 그때부터는 뭉치기 시작하지요, 후후후."

⚖

사람들은 씨안펑의 주장이 개소리라고 생각했다.

씨안펑이 일본의 주식을 사자고 주장했다고 해도 그걸 살 돈이 있는 게 아니니까.

일본의 주식시장에서 거대한 기업들은 한 주당 수백만 원을 넘고 이는 베트남의 한 달 생활비를 훌쩍 넘는다.

그래서 다들 무심하게 넘어갔다.

하지만 생각지도 못한 뉴스가 사람들을 놀라게 했다.


　씨안펑, 대동의 주식 1억 달러어치 매수!

　씨안펑, "베트남의 경제적 자유는 지금부터다"라고 말해

　씨안펑, "해당 주식의 주주들은 베트남의 모든 인민"이라고 언급


베트남에서 무려 1억 달러어치, 그러니까 한화로 약 1,100억 원의 주식거래가 벌어졌다.

대상은 다름 아닌 대동의 주식이었다.

"생각보다 반응이 큰데요?"

"그럴 겁니다. 가난하다고 해서 자존심도 없는 건 아닙니다. 다만 참고 있을 뿐이죠."

노형진은 그렇게 말하면서 주식 상황을 살폈다.

대동의 주식은 미친 듯이 오르고 있었다.

아예 가능성이 없다고 생각했는데 1억 달러의 주식을 샀다는 소식이 들리자마자 베트남은 갑자기 국가적 자부심, 그러니까 국뽕으로 가득 차기 시작했다.

"단순히 스포츠 경기 하나 이겼다고 해서 국뽕이 차는 게 국민들입니다. 단순한 감정이지만 또한 타당한 감정이죠. 더군다나 당한 게 많으면 더더욱 그렇지요."

베트남은 돈이 없고 가난한 나라라는 이유로 외부에 많이 당해 왔다.

그 때문에 국민들의 감정이 많이 상한 것도 사실이다.

"거기에다 베트남에 온 일본인들의 행동은 가관이거든요."

"저도 들었어요."

베트남으로 간 일본 관광객들은 그 나라 사람들을 다른 나라의 국민이 아니라 식민지 노예로 보는 성향이 강하다.

그렇다 보니 베트남 국민들이 그들을 좋게 보지 않는 마음은 언제나 존재했다.

"지금까지는 참고 있었겠지만요. 기회가 되면 분명 터져 나오죠."

1억 달러. 사실 대동의 시가총액을 생각하면 얼마 안 되는 돈이다.

하지만 베트남의 일반 사람들이 생각하기에는 어마어마한 돈이다.

"노예가 아닌 주인이 된다는 것. 그게 얼마나 황홀한 말인가요?"

"그건 그렇지요."

"그러니까 반응이 생길 수밖에요."

씨안펑에게 몰려들어 오는 어마어마한 기부금.

물론 그 기부금은 그다지 많지 않다.

나라 자체가 작으니까 어쩔 수 없다.

그렇다고 해서 그게 도움이 안 되는 건 아니다.

그 안에 대동과 노형진의 돈을 감출 수 있다.

"그리고 슬슬 연쇄 작용이 벌어질 겁니다."

일본에 침탈당한 동남아 국가는 베트남뿐만이 아니다.

사실 베트남은 다른 나라에 비해 훨씬 덜 당한 편이다.

"그리고 베트남은 다른 나라에 비해 아직 자본주의가 덜 발달한 나라고요."

그런데 베트남이 먼저 선전포고를 했다.

이것이 다른 나라들의 자존심을 자극했다.

정확하게는 노형진이 각 나라마다 사람을 심어 놨다고 표현하는 게 맞을 것이다.

"전 동남아에서 그러한 운동이 벌어질 겁니다."

노형진은 씩 웃었다.

"그리고 그다음은 일본의 반응이지요, 후후후."

⚖️

노형진의 말대로, 씨안펑의 영향을 받아서 그런지 동남아 쪽의 국가들에서 비슷한 운동이 한꺼번에 벌어졌다.

물론 씨안펑처럼 1억 달러씩 한꺼번에 사지는 못했지만 그들 역시 나름 돈을 가지고 주식을 사 모았고, 그에 바탕하여 대동에 영향력을 행사하겠다고 언급했다.

그리고 같은 시각, 일본에서는 신동하가 먼저 움직이고 있었다.

"이건 그냥 둘 수가 없습니다."

신동하는 일본의 극우 세력을 만나고 있었다.

"저는 대동의 삼남입니다. 대동은 우리 자랑스러운 대일본 제국의 기업이고요."

신동하는 분노한 듯 말했고, 극우 세력의 대표인 미야모토는 고개를 끄덕거렸다.

"맞습니다. 대동은 대일본 제국의 기업이죠. 그런데 고작 식민지의 노예들이 주식 몇 주를 사서 자기들이 주인인 것처럼 행세한다는 게 말이나 됩니까?"

지난 몇 주간 이 문제에 대해 계속 분노를 토한 신동하에게 미야모토는 순순히 수긍했다.

"안 그래도 전 그게 마음에 안 듭니다. 대동은 일본 기업입니다. 일하는 사람도 일본인이고 주주들도 일본인이고 그 물건을 소비해 주는 것도 일본의 신민들입니다. 그런데 왜 조센징이 대동을 지배합니까?"

"으음……."

"물론 저도 순혈은 아닙니다. 하지만 최소한 자랑스러운 일본 신민의 피가 섞여 있습니다. 하지만 지금 대동을 지배하는 자들은? 순수 조센징입니다. 그들이 대동을 좌지우지하고 대일본 제국에서 목소리를 높이는 것도 기분 나쁩니다."

신동하는 대동의 일가 중 유일하게 일본인의 피가 섞인 사람이다.

　　조센징이라고 하면 치를 떠는 일본의 극우 세력 입장에서는 그나마 좀 덜하다는 수준이다.

　　"저의 어머니가 그들에게 돈으로 팔려 갔을 때 느꼈을 감정을 생각하면……."

　　의도적으로 눈물을 흘리는 신동하.

　　"그래도 조센징이긴 하지만 일단 일본 국적이 있는 일본 사람이니 그건 넘어간다고 쳐도, 식민지의 노예들이 주식 몇 주 가지고 주인 노릇을 하겠다는 게 말이나 됩니까?"

　　"당연히 안 될 소리죠!"

　　"그러니까 우리도 그에 대응해야 합니다. 도와주십시오. 대동의 주식을 긁어모읍시다. 대동을 영원히 우리 대일본 제국의 회사로 만듭시다."

　　"그 조센징들의 손에서 뺏어 오자는 말이지요?"

　　"네. 대동은 조센징이 아닌 일본의 핏줄이 지배해야 합니다."

　　미야모토는 신동하의 두 손을 꽉 잡았다.

　　"동감입니다! 우리가 대동을 지킵시다!"

　　그의 말에 신동하는 살짝 미소를 지었다.

　　물론 좋아서 그러는 게 아니었다.

　　'걸렸다, 후후후.'

-대동을 대일본 제국의 기업으로 만듭시다! 조센징이 지배하는 기업이 아닌, 순혈 일본이 지배하는 기업으로 만듭시다! 저 무도한 동남아의 식민지 출신 노예 놈들이 고작 주식 몇 주 가지고 대동의 주인이라고 주장하고 있습니다! 이렇게 둘 수는 없습니다! 대동은 순수한 일본 기업입니다! 일본 기술의 집합체입니다! 외국의 불순한 노예 출신들에게 기업을 줄 수는 없습니다!

극우 세력의 말. 그 말은 일본의 입맛에 딱 맞았다.
안 그래도 어떻게 해서든 극우 세력이 득세하게 하려고 하는 일본에서 그들의 주장은 충분히 설득력이 있었다.
그리고 그 안에는 또 다른 함정도 있었다.

-나는 대동이 일본의 기업이라고 자부합니다. 대동을 해외에 빼앗길 수는 없습니다. 저는 대일본 제국의 기업인 대동의 국적을 지키기 위해 주식을 사겠습니다.

몇몇 국회의원들이 나서서 주식을 사기 시작했다.
물론 이들이 착해서 그런 게 아니다. 신동하가 그들을 설득해서, 그들이 산 주식을 약간의 수수료를 주고 자신이 되사겠다고 한 것이다.

물론 그 수수료도 결코 적지 않은 금액이었고, 안 그래도 극우 발언을 해야 인기를 끄는 일본 정치계에서 극우 정치인들은 그러한 기회를 놓치지 않았다.

"미쳤군."

대동의 주식은 사방에서 거래가 되었다.

하지만 사자는 계속되었지만 팔자는 별로 없었다.

당연히 가격은 미친 듯이 뛰기 시작했다.

물론 일부는 거품이라고 걱정했지만, 이미 국뽕에 미쳐 버린 나라들의 국민들에게는 그런 게 보이지 않았다.

이미 신동성과 신동우가 자기들의 지배력을 확고하게 하기 위해 주식을 모으고 있던 상황. 그러니 주식시장에서 대동 주식의 가격은 말 그대로 미쳐 날뛸 수밖에 없었다.

"이게 될 줄은 몰랐어."

유민택은 멍하니 주식시장을 바라보았다.

대룡은 몰래 선물로 대동의 주식을 샀다.

그리고 그 조건은, 대동의 주가가 그 당시 가격의 세 배가 되는 시점이었다.

대동은 작은 회사도 아니고 이미 완성된 대기업이다.

더군다나 시간적 제한이 있는 거래인 데다가 이슈가 있을 만한 것도 없었다. 도리어 대동은 후계자들의 전쟁이라는 악재 때문에 가치 평가가 하락하는 중이었다.

그런데 진짜로 주식이 세 배를 찍었다. 당연히 선물 옵션으로 거래한 대룡은 어마어마한 이득을 취할 수 있었다.

"직접투자도 거의 없이 이게 가능하다니."

일반적으로 주가조작은 직접적으로 돈을 투사함으로써 이루어진다. 하지만 이번에는 아니었다.

"원래 거품이라는 건 시장의 논리보다는 감정으로 생기는 거 아닙니까? 국뽕이라는 감정은 충분히 충동적이죠. 우리는 거기에 그저 돈을 빌려준 것뿐이구요, 후후후."

세계 각국의 극우 세력. 그들에게 돈을 빌려준 것뿐이다.

물론 그냥 빌려주는 거였다면 그들이 싫다고 했을 것이다.

하지만 그 담보가, 그 돈으로 사는 주식이었다.

즉, 물건도 없는데 일단 돈을 먼저 빌려주고 그걸로 사게 만든 것이다.

그리고 그 주식이 오르면서 발생하는 차액에는 관심이 없으니 원금만 달라고 했다.

"그러면 안 하는 놈이 바보죠."

주식이 오를 수밖에 없는 상황임도 대충 알고 있다. 그러니 그들은 적극적으로 주식을 긁어모았고, 주가는 말 그대로 미쳐서 날뛰었다.

그건 주가조작이 아니다. 이쪽에서 직접 한 게 아니니까.

이쪽에서 한 건 돈을 빌려준 것뿐이다.

"그런 상황에서 신동우와 신동성은 그 주식을 긁어모아야 하는 압박을 느꼈을 테고요."

신동우와 신동성 입장에서는 어느 쪽도 반갑지 않다.

동남아 계열의 자본이 그들에게 우호적이지 않은 건 당연하다. 그러나 차라리 그족은 설득이라도 할 여지가 있다.

진짜 골치 아픈 건 일본계 자본이다.

순수 일본주의, 순혈주의를 외치는 그들의 입맛에 맞는 대상은 일본인 어머니를 둔 신동하뿐이니까.

"또 다른 제삼자가 싸움에 끼어드는 걸 원치 않을 테니 그들은 주식이 나오는 대로 긁어모을 수밖에 없죠. 아마 이번 일로 인해 그들의 자금이 상당히 떨어졌을 겁니다."

"그러게 말이야. 어이가 없더군. 그치들, 도대체 얼마나 많은 돈을 감춰 두고 있는 건지."

전쟁 중이고 계속 돈이 들어가는데도 어디에선가 또 계속 돈이 나온다. 한데 그게 기업 자금은 아니니 개인적으로 빼돌린 자금이라는 건데, 바닥을 드러낼 기미조차 보이지 않았다.

"어찌 되었건 원하시는 대로 대동에 큰 타격을 줬습니다."

전쟁 자금을 모조리 주식을 사는 데 썼으니 그들은 숨도 쉬기 힘들어질 것이다.

"이제는 그들을 흔들 차례죠."

"그렇지. 그들이 어떻게 반응할지 궁금하군, 으하하!"

"그건 좀 더 나중에 보셔야 할 겁니다."

노형진은 살짝 웃었다.

"이제 2차전 해야지요. 후후후."

또 다른 후계자

"이거 뭐야?"

신동우는 어이가 없었다.

도대체 왜 자신들이 타깃이 되었는지 모르겠다.

졸지에 국제적으로 타깃이 되어 버린 대동의 주가는 미쳐 날뛰었고, 이제는 손도 대지 못할 정도로 올랐다.

"아니, 동남아 이 새끼들은 진짜 미쳤나?"

상식적으로 이 정도까지 뛸 주식이 아니다.

자신이 가장 잘 안다.

거품이 잔뜩 끼어서, 이제는 거래 자체도 잘 안 되는 판국이다. 그런데도 사방에서 미친 듯이 '사자'를 외쳐 대고 있었다.

"동성이 이 새끼가 벌인 짓인가?"

가장 의심스러운 건 신동성이다.

하지만 이내 고개를 흔들었다.

"아닙니다. 그럴 가능성은 낮습니다. 신동성 역시 자금 부족으로 허덕이고 있습니다."

"끄응."

맞는 말이다. 신동성도 바보는 아니다.

주식을 긁어모아야 하는 건 마찬가지 처지인데 굳이 주가를 올려 대는 미친 짓을 하지는 않을 것이다.

"결국 이 모든 게 우연이라는 거야?"

"우연이라고 봐야 합니다."

"하지만 왜 하필 우리야?"

"지배권이 취약하기 때문입니다. 다른 곳이라면 이런 상황에서 지배권을 지키기 위해 이미 뭉쳤을 겁니다. 하지만 아시다시피……."

"끄응…… 알아. 안다고."

가난한 나라라고 생각해서 무시했다. 하지만 그들이 뭉치기 시작하자 절대 무시할 수준이 못 되었다.

한 나라도 아니고 몇 개의 국가가 모이고 또 그 국민들이 돈을 내기 시작하자 조 단위의 돈이 모였다. 아무리 대동이라고 해도 조 단위의 돈은 어마어마한 위협이 된다.

"그나마 그 멍청한 놈들이 주식을 가지고 있는 걸로 만족하는 데에서 멈춰서 그만한 거지."

신동우는 고개를 절레절레 흔들었다.

"신동하 이 새끼는 뭐래?"

"별말 없습니다."

"그렇겠지. 망할 새끼."

극우 세력은 신동하의 어머니가 일본인이라는 이유 하나만으로 그를 대표로 하자는 소리를 하고 있다.

물론 그건 말도 안 되는 소리다.

엄밀하게 말하면 신동하에게는 대동의 주식이 하나도 없다.

물론 조금 사 놓은 게 있을 수는 있겠지만, 파워를 자랑할 정도는 아니다.

그러니 그가 대표가 될 가능성은 낮다. 아니, 불가능하다.

"멍청한 놈들. 그나저나 주식 상황은 어때?"

"여전히 계속 오르고 있습니다."

"구입 중지해. 이 상대로 거품에 휘말리면 곤란해. 언젠가는 거품이 꺼질 거야. 그때 구입 시작해."

신동우는 아픈 머리를 부여잡고 말했다.

등골이 싸늘했지만 그 원인이 뭔지 그는 알지 못했다.

⚖️

같은 시각, 노형진은 돈을 빌려준 사람들을 만났다.

"이제 돈을 갚으셔야지요."

"이렇게 빨리요?"

"이건 초단타 매매입니다. 주식을 가졌다는 자부심 자체도 좋지만 결국 이건 거품입니다. 국뽕 거품이 얼마나 가겠습니까?"

"으음……."

"대동의 주가는 폭락할 겁니다."

폭락할 수밖에 없다.

사실 세 배나 오른 지금이 비정상이다.

노형진이 그만큼 고의적으로 장난을 쳤으니까.

"이제는 팔 때입니다. 그리고 계약서상의 조항은 굳이 다시 언급하지 않아도 잘 아시죠?"

"음……."

돈을 빌려줄 때 담보로 잡았던 대동의 주식, 그걸 팔고 빚을 갚아야 한다.

물론 그 안에도 노형진이 노린 항목은 있었다.

"그 전날 최종가의 4분의 3 가격에 판매한다."

"그건 좀……."

"안 그러면 우리가 조건에 따라 압류합니다."

노형진은 단호했다.

"여러분들은 손해가 없을 텐데요?"

"하지만 최대한 비싸게 파는 게 좋은 거 아닙니까?"

"최대한 비싸게 파는 게 좋기는 하지요. 하지만 그게 얼마나 팔릴 것 같습니까?"

지금 가격은 너무 비싸다. 거래도 완전히 멈춘 상황이다.

물론 일부 투기 성향의 자금이 유입되기는 하지만, 그것 말고는 대부분이 말도 안 되는 가격에 사지는 않는다.

"지금까지 올라간 건 여러분들이 서로 사려고 했기 때문입니다. 그리고 대동에서 지배권 방어를 위해서 사 모아야 했기 때문이죠. 하지만 여러분들은 이제 더 이상 사지 않을 겁니다. 아니, 살 수가 없죠. 돈이 없으니까."

그러니까 가격이 오르지도 않을 것이다.

"그리고 이쯤 되면 대동도 이상하다고 생각할 겁니다. 아마 그쪽에서도 주식의 구입을 멈출 겁니다. 그러면 그걸 누가 살까요? 제가 봐서는 최고가에 팔릴 가능성은 없습니다."

절대 안 팔린다.

무슨 호재가 있는 것도 아니고, 그렇다고 미래가 아주 밝은 것도 아닌 대동이다.

"지금은 거품이 주주들의 눈을 가리고 있지만 한번 떨어지기 시작하면 미친 듯이 떨어질 겁니다. 우리 목적이 그거 아니던가요?"

"후우."

하지만 몇몇은 영 아까운 눈치였다.

하긴, 주인이라는, 그리고 지배자라는 타이틀은 놓치고 싶지 않았을 것이다.

"손해 보는 건 없지 않습니까? 여러분들이 주식을 팔고 그 주식으로 번 돈을 빌려준 사람들에게 이자까지 쳐서 돌려준다고 해도, 어마어마하게 남을 텐데요?"

이들은 땡전 한 푼 안 들이고 최소한 몇십억씩 남길 수 있다.

"과한 욕심은 신세를 망치는 지름길입니다."

"알겠습니다. 바로 팔겠습니다."

"그 전에 여러분들이 할 게 있습니다."

"할 거요?"

"네. 여러분들은 주주입니다. 그것도 적지 않은 주식을 가진 주주들이죠."

노형진은 그들에게 말했다.

"즉, 회사의 수입과 지출에 관한 서류를 볼 수 있지요."

그러면서 씩 웃었다.

그들이 가진 주식이 많은 것은 아니지만 최소한 그 정도 서류를 요구할 수 있는 수준은 되었다.

"그러니 그 서류들의 열람 신청을 해 주시면 됩니다."

"왜요?"

"공포는 때때로 무지無知에서 시작되지요, 후후후."

⚖️

얼마 후 그들은 함께 해당 서류의 열람을 신청했다.

법적으로 공개하도록 되어 있는 서류인 만큼 대동도 군말 없이 그들에게 보여 줬다.

물론 외부에 공시하는 것은 불법이라는 것을 확실하게 못박았다.

그리고 상황이 돌변했다.

"뭐지? 갑자기 왜 이렇게 매물이……?"

대동의 주식이 미친 듯이 시장에 나오기 시작했다.

거기에다 가격도 터무니가 없었다.

"4분의 3 가격이라고? 이게 무슨……."

일본의 주식시장은 멘붕이 왔다.

그럴 수밖에 없는 게, 단 하루 사이에 주가가 어제에 비해 너무 떨어져 버렸기 때문이다.

물론 파는 사람이 싸게 판다는데 문제는 없다.

문제는 서킷 브레이크다.

주식시장은 주식가격의 급등이나 급락에 대비해서 서킷 브레이크라는 제도가 있다.

가격이 과도하게 급변하는 걸 막기 위해서다.

문제는 4분의 3이라는 가격, 그러니까 25% 다운된 가격은 서킷 브레이크 대상이라는 것.

당연히 매물이 나오자마자 대동의 주식은 서킷 브레이크가 걸렸다.

"무…… 뭐야? 지금 뭐야? 뭔 일이 벌어지는 거야?"

일본 주식시장의 딜러들은 얼굴이 사색이 되었다.

"이거 어디서 들어온 주식이야!"

"알아봐!"

"이거 동남아 쪽인데?"

"아니 그 새끼들, 미쳐서 주식을 사 놓고는 왜 갑자기 다 팔자로 나선 거야?"

"모르겠는데?"

다들 당황하는 가운데 누군가 걱정스럽게 말했다.

"그러고 보니까 지난번에 그놈들이 대동 내부 자료를 보지 않았어?"

"그건⋯⋯."

"우리가 모르는 뭔가가 있는 거 아냐?"

그 내부 자료를 보는 건 쉬운 게 아니다.

일단 주주들을 모아야 하고 그들의 도움을 받아서 동의를 얻고 주주총회를 열고 서류 공개를 청구해야 한다.

동남아 쪽은 한데 뭉치면 기준 열람 가능한 기준치를 넘기기에 그 자료를 볼 수 있었다.

"뭔가⋯⋯ 비밀이 있는 거 아냐?"

"비밀?"

다른 동료들의 시선이 그에게 향했다.

"가령⋯⋯ 분식 회계라든가⋯⋯."

분식 회계. 쉽게 말해서 주주를 속이는 행위.

회사가 적자인데 흑자인 것처럼 꾸미거나, 반대로 흑자인데 적자인 것처럼 꾸며서 주주들에게 배당금을 주지 않는 방식이다.

당연히 불법이지만, 대기업을 비롯한 많은 기업들이 여전히 하고 있다.

"설마 대동도?"

대동 정도라면 그런 짓은 하지 않을 것 같기는 하다.

설사 정말로 뭔가를 조작했다 해도 깔끔하게 했겠지.

그러나 동남아 쪽은 여러 국가가 뭉쳐서 전문가들을 고용했다.

그리고 만일 그들이 무언가를 알아차렸다면…….

'이런 염병.'

그걸 깨달은 주주는 바보가 아닌 이상에야 그 사실을 외부에 공개하지 않는다. 그 대신에 그게 문제가 되기 전에 다급하게 주식을 팔아 버린다.

마치 지금처럼 말이다.

물론 보통은 몰래 조금씩 팔지만, 동남아에서 가지고 있는 주식은 몰래 팔기에는 너무 많았다.

"뭔가 있다, 이거. 뭐든 확인해 봐."

"잠깐, 이거 우리도 팔아야 하는 거 아냐?"

"잠깐 기다려 봐. 팔았다가 일 틀어지면 어쩌려고?"

정치와 경제가 서로 긴밀하게 묶여 있는 일본의 경우 이런 상황에서도 섣불리 움직일 수가 없었다.

"젠장, 그러면 어쩌자는 거야?"

"일단 확인하고."

"확인? 무슨 확인? 이 상황에서 확인한답시고 기다리다가 일 터지면 어쩌려고?"

"악!"

그 순간 누군가가 비명을 질렀다.

모두의 시선이 그에게 쏠렸다.

"왜 그래?"

"유…… 유럽과 미국에서 대동의 주식이 쏟아지기 시작했어!"

그들은 자신들이 눈치 보는 사이에 빠르게 움직이는 유럽과 미국의 시장을 보면서 입술을 깨물었다.

"빨리 전화해! 사정을 알아보란 말이야!"

⚖

─말씀하신 대로 팔았습니다.

로버트는 노형진의 말대로 가지고 있던 대동 주식 전량을 싼 가격에 내놨다.

그로 인해 일본에서는 두 번째 서킷 브레이크가 걸렸다.

한 기업에 하루 만에 두 번의 서킷 브레이크가 걸렸다는 것.

그건 그 기업이 부도가 날 가능성이 높다는 걸 의미한다.

"손실은 없지요?"

—거품이 워낙 많이 끼어서 손실은 없습니다만, 왜 싸게 팔라고 하신 건지 모르겠습니다.

"두고 보면 알게 될 겁니다."

노형진은 자세하게 말하지 않았다.

동남아 작전은 로버트에게도 비밀이었으니까.

"나중에 다시 연락드리죠."

노형진은 전화를 끊고는 일본의 주식시장을 열었다.

연이은 폭락. 그게 대동에 치명타를 안기고 있었다.

⚖️

"주가를 방어해야 합니다!"

"더 이상 추락하는 걸 막아야 합니다."

"하지만 다들 알다시피 거품인데……."

"거품이라고 해도 연착륙시켜야 합니다."

거품이라고 하지만 가격은 이미 올라가 있다.

그게 갑자기 떨어진다는 것은 회사에 치명적인 문제가 있다는 소리다.

"젠장!"

신동성은 미칠 노릇이었다.

가격을 방어해야 한다.

문제는 신동우다.

"이 새끼가 뭘 어떻게 할 줄 알고!"

정상적인 기업이라면 이 상황에서 이미 주가 방어를 위해 움직였을 것이다.

하지만 지금 기업은 정상적이지 않다.

주가 방어를 위해 움직인다는 것.

그건 결국 그가 개인 자금으로 시중에 나오는 주식을 사야 한다는 뜻이다.

그런데 여기에 문제가 있다.

둘 중 먼저 나서는 사람이 손해를 보는 구조가 그것이었다.

신동성이 지금 방어를 하려면 비싼 가격에 주식을 잔뜩 사야 한다.

그러나 그렇게 하면 뒤늦게 행동에 나선 신동우는 상대적으로 싼 가격에 주식을 긁어모으게 돼서, 신동성이 이 싸움에서 질 수밖에 없게 된다.

그러니 도리어 이기기 위해서는 지금 방어하는 것을 포기하고 주가가 더 떨어졌을 때 주식을 긁어모아야 한다.

문제는 이 주가 하락이 언제까지, 또 얼마나 이루어질지 알 수 없다는 것이다.

방어를 하지 않자니 주가의 대폭락을 막을 방법이 없고, 그건 그것대로 두 사람의 손실이 된다.

그들이 가진 주식의 가치가 떨어지는 거니까.

그러니 이러지도 저러지도 못하는 상황이 되어 버린 것.

"하지만 대표님! 이대로라면⋯⋯!"

부하는 얼굴이 사색이 되었다.

두 번의 서킷 브레이크.

그럼에도 불구하고 주가 방어를 하지 않는 대동.

사람들에게는 대동이 주가 방어를 하지 않는 게 아니라 할 능력이 없는 것으로 보일 수도 있다.

"염병."

물론 사내유보금이 있기는 하다.

하지만 그걸 운영하기 위해선 신동우와 신동성이 합의를 해야 한다.

문제는 그 사내유보금이 그룹 아래에 있는 게 아니라 계열 사마다 있다는 것.

즉, 자기를 지지하는 계열사의 사내유보금은 자신의 군자 금이나 마찬가지라는 소리다.

그런데 그걸 꺼내서 방어를 한다는 건 자기 세력을 깎아먹 는 행동이다.

그러니 두 사람은 상대방 계열사의 돈을 꺼내기 위해 싸울 테고, 당연히 합의가 이루어질 리가 없다.

"망할⋯⋯ 망할."

지금 그나마 방어를 해 주는 곳은 국뽕에 가득 찬 일보 극 우 세력이었다.

그나마도 그 수는 많지 않았고. 그놈들이 주식을 가지는 것도 골치 아픈 일이다.

"대표님! 큰일 났습니다!"

그 순간 문이 벌컥 열렸다.

"또 뭔데!"

"서킷이 터졌습니다!"

"이 새끼야! 내가 그걸 몰라!"

화를 내는 신동성.

하지만 부하의 말은 그를 참담하게 만들었다.

"3차입니다!"

3차라는 말에 그는 정신이 아득해졌다.

그는 휘청거리는 몸을 바로잡으면서 이를 악물었다.

"신동우한테 전화해……. 같이…… 이야기 좀 해 보자고."

<br>

⚖

<br>

"일이 이쯤 되면 주가는 알아서 폭락하기 시작하죠."

노형진은 3차까지 터진 대동의 주식 상황을 보면서 피식 웃었다.

"조직이 두 개로 구분되어 있으니 주가 방어를 위한 결정이 하루 이틀 만에 나지는 않을 겁니다."

둘 중 누군가는 돈을 한 푼이라도 더 써야 할 테니 그걸 가지고 아옹다옹할 게 뻔하다.

물론 똑같이 쓴다고 해도 문제다.

똑같이 100만 달러를 쓴다고 해도, 능력이 되는 사람은 부담이 되지 않겠지만 부족한 쪽은 부담이다.

즉, 사실상 자신들의 전쟁 자금이 얼마나 있는지 까발리는 꼴이니 온갖 협상은 다 할 테고, 그사이에도 시간은 계속 흐를 테고…….

"대동의 주가는 어마어마하게 떨어질 겁니다."

"그리고 우리는 그걸 쓸어 담고 말이지?"

유민택은 흐뭇한 표정이 되었다.

상한가 조건으로 한 번 이득을 봤는데 이번에는 하한가 조건으로 또 한 번 이득을 봤다.

노형진이 장담한 대로 들어간 돈의 두 배 이상의 이득을 얻을 수 있었다.

"아마 긁어모은 주식이 다시 정상가까지 올라가면 네 배까지도 수익이 오르겠지."

한 방에 4조의 수익. 역대급 사기나 마찬가지.

"문제는 이게 사기가 아니라는 거지. 자네는 진짜 때로는 무섭구만."

만일 자신들이 직접 투사를 했다면 사기로 국제적 문제가 되겠지만, 이 문제는 국가적인 국뽕 대결의 산물이다.

아무리 조사해도 사기 혐의가 성립되지 않는다.

"거기에다 동남아에 아주 강력한 아군이 생겼지요."

"그렇지."

동남아 극우는 자신들에게 투자했던 사람들에게 무려 30%이자로 원금을 상환하기로 결정했다.

물론 노형진의 노림수였다.

"한번 그렇게 어마어마한 이자가 들어갔으니 아마 그쪽은 기회가 되면 한 번 더 하려고 할 겁니다."

그리고 노형진과 유민택이 그쪽을 조종하면, 언제든 동남아 국민들의 자금으로 대동을 쥐고 흔들 수 있게 되었다.

"그런데 왜 군이 동남아 쪽 사람들에게 대동의 주식을 가지고 있지 말라고 한 건가? 사실 좀 가지고 있어도 주주권을 행사한다는 문제에서는 나쁘지 않은데."

"이미지 때문이죠."

"이미지?"

"대동은 동남아 쪽에 많이 진출했습니다. 그건 아시죠?"

"그거야 다 아는 사실 아닌가?"

"그런데 거기서 그 주식을 동남아 사람들이 가지게 되면 어떻게 될까요?"

지금 동남아에서 대동의 이미지는 수탈해 가는 기업, 자국 내에서 다른 기업들이 성장 못 하게 하는 일본계 기업이라는 이미지가 강하다.

"하지만 그들이 직접 대동의 주식을 가지고 있으면 더는 그렇지 않게 되죠."

남의 기업이 아니라 나의 기업. 베트남의 기업.

그렇게 느끼게 될 가능성이 높다.

"그리고 그렇게 되면 동남아에서의 판매량이 빠르게 상승할 겁니다. 제가 미쳤다고 대동에 좋은 일 하겠습니까?"

"판매량이라……. 그건 나도 생각 못 했구먼."

확실히 그렇다. 그 주식이 있으면 판매량이 늘 수 있다.

하지만 다 팔았으니 이제는 남의 기업이다.

더군다나 이번에 싸움을 하면서 일본 극우를 자극해서 노예니 식민지인이니 하는 소리를 해 댔으니 대동의 이미지는 더욱 개차반이 되었을 것이다.

"대동은 강합니다. 이번에 큰 타격을 줬다고 하지만 이걸로는 무너지지 않습니다."

"하긴, 그럴 대동이라면 우리가 이렇게 고생을 하지도 않겠지."

유민택은 고개를 끄덕거렸다.

분명 대동은 버틴다.

"그러니 그 안에 새로운 사람을 넣어야지요."

"새로운 사람?"

"사실은 제가 말씀드리지 않은 게 있습니다."

"그게 무슨 말인가?"

유민택은 눈을 찌푸렸다.

노형진이 자신을 속일 거라고는 생각하지 못했기 때문이다.

그런 그의 표정에 노형진은 유민택을 진정시켰다.

"속인 게 아니라, 보안 때문에 말씀 못 드린 겁니다."

"보안? 나와 관련해서?"

"아닙니다. 신동하와 관련해서입니다."

"신동하?"

"네."

노형진은 고개를 끄덕거렸다.

"이제까지 신동하는 외부 인사였습니다. 하지만 이제는 슬슬 내부 인사가 되어야 하지 않겠습니까?"

"그게 어디 쉬운가? 신동하는 대동 주식을 가진 게 거의 없을 텐데."

노형진은 살짝 미소 지었다.

유민택뿐만 아니라 다른 사람들도 그렇게 생각한다.

하지만 그들이 실수한 게 있었다.

"회사의 운영자가 굳이 주식을 가지고 있을 필요는 없지요."

"뭐?"

"그렇지 않습니까? 전문 경영인이라는 타이틀이 괜히 생긴 게 아니죠."

"그거랑 신동하랑 무슨 관계가 있다는 건가?"

"이번 일에서, 상황이 이 지경인데도 여전히 주식을 긁어모으는 곳이 한 군데 있지요."

"그렇지. 일본 극우 세력 아닌가? 그놈들은 요즘 같은 시대에 무슨 순혈주의를 외치면서······."

말을 하던 유민택은 눈을 찌푸렸다.

순혈주의.

일본 극우 세력의 주장. 말도 안 되는 개소리다.

하지만······.

"국민들에게는 먹히겠군."

"네, 먹히죠."

일본 국민들은 극우를 좋아하니까.

거기에다 이번에 한국인에게 지배받는 일본인이라는 홍보를 제대로 했다.

"동남아 사람들이나 한국 사람들이나, 일본의 극우 계열 사람들에게는 식민지 시절의 노예일 뿐입니다. 그리고 대동은 한국인이 지배하는 곳이지만 정당한 순혈에게 권리가 있다고 주장했죠."

"우호 지분이라는 게 있군."

분명 일본 극우 세력은 신동하의 우호 지분이 되어 줄 것이다.

그걸 위해 노형진은 일본에 미리 만들어 둔 가짜 극우 세력을 통해 가격이 폭락하는 순간 주식을 긁어모을 것이다.

"자기 지분은 없지만 우호 지분으로 전면에 나설 수 있겠군."

"네, 신동우와 신동성 입장에서는 돌아 버릴 겁니다."

일본은 극우의 나라다.

극우를 공격하면 나라를 공격하는 셈이니, 극우를 등에 업은 신동하는 지금까지와는 비교도 못 할 골칫덩어리가 된 셈이다.

"우리가 애초에 신동하를 키운 이유가 뭐였습니까?"

"저울이었지, 후후후."

유민택은 유쾌하게 웃었다.

신동하가 커서 양쪽의 싸움을 조절하면서 내전을 길게 끌어 가는 것. 그게 목적이었다.

"하지만 이제까지 신동하는 외부의 저울이었지요."

도와주는 데 한계가 있다.

사실 어떻게 보면 특수한 경우를 제외하고는 있어도 그만, 없어도 그만이었다.

"하지만 이제는 아닙니다. 내부의 저울이 되었지요."

우호 지분. 그 영향력을 가질 테니까.

"내부의 저울의 힘은 강력하지요. 저울추는 이제 신동하에게 있습니다, 후후후."

⚖

"주가 방어를 위해 어떻게든 해야 합니다."

긴급 주주총회가 벌어졌다.

주식의 가격 방어를 위해 적극적으로 나서야 한다는 것.

문제는 그 자금을 어디서 끌어오냐는 것이었다.

양쪽 다 자신들의 돈을 내놓기는 싫어했으니까.

결국 그들의 선택은 은행에서 빌리는 것이었다.

문제는 은행에서 단순히 신용만으로 돈을 척척 빌려주지는 않는다는 것이다.

은행은 당연히 담보를 요구했고, 치열한 회의 끝에 담보는 두 개로 압축되었다.

"요도치현의 땅을 담보로 빌려야 합니다!"

"아닙니다. 다시마네현의 땅을 담보로 빌려야 합니다!"

가장 만만한 게 땅이다.

가격 변동도 거의 없고 사라지지도 않는 물건이니까.

문제는 요도치현의 땅을 가진 계열사는 신동우의 편, 그리고 다시마네현의 땅을 가진 계열사는 신동성의 편이라는 것이다.

아무리 남의 돈이라지만 땅이 담보로 잡히면 자기들이 불리해지는 만큼 그 문제를 놓고 둘은 합의를 보지 못했고, 결국 주주총회에서 최종 결정이 이루어지는 순간이었다.

"젠장…… 젠장."

신동우는 입술을 깨물었다.

이대로라면 요도치현의 땅을 몽땅 담보로 잡히게 생겼다.

그렇게 되면 정황상 그가 불리해진다.

그가 모든 방어 비용을 내야 한다는 뜻이기 때문이다.

"다른 주주들 못 찾았어!"

"죄송합니다. 주주들은 대부분 신동성의 편인지라."

"젠장!"

자신이 모르는 사이에 작업해 둔 신동성.

그 때문에 도무지 해결책이 보이지 않았다.

"지금까지 출석 인원 중 52.4%의 선택은 요도치현을 담보로 제공하고자 합니다. 추가적인 진술이나 의견이 있으신지요?"

마지막 선택의 상황.

그 상황에서 신동우는 눈을 질끈 감았다. 어마어마한 손실이었으니까.

"잠깐!"

그런데 그때 생각지도 못한 사람이 나타났다.

"신동하?"

"신동하 아냐?"

신동하가 나타나자 다들 어리둥절해했다.

신동하는 공식적으로 주식이 없으니까.

설사 있다고 해도 그가 가진 주식의 숫자는 뻔하다.

엔터테인먼트 계열에서 영향력이 강한 게 그가 어마어마한 부자임을 뜻하는 건 아니니까.

"무슨 일이십니까? 아무리 회장님의 삼남이라고 해도 주주총회에서는 아무런 권한도 없습니다만."

사회자는 신동하가 나타나자 조심스럽게 말했다.

그런데 이어지는 신동하의 말은 그의 상상을 초월했다.

"주주들의 의결권을 위탁받아서 대리인 자격으로 왔습니다."

"대리인?"

"무슨 소리야?"

"대일본제국부흥회와 기타 세 곳의 위임장입니다."

"허!"

"설마 진짜로?"

극우 세력이 순혈을 외치면서 신동하를 밀어준다는 소문
은 들었다. 하지만 진짜로 그에게 대리권을 줄 줄이야.

"얼마나 가지고 오셨는지 모르지만 일단은 말씀해 주십시오."

신동하는 주변을 천천히 바라보았다.

그동안 자신을 무시하던 인간들, 그리고 자신이라는 존재
를 비참하게 하던 인간들이 다 모여 있는 공간.

'그래, 내가 이제 돌아왔다.'

단순히 돌아온 걸 넘어서, 대동이라는 제국에서 당당하게
말할 수 있게 되었다.

나는 이곳의 삼인자라고.

"제가 위임받은 총량은 총주식의 1.3%입니다."

절대 많다고 할 수 없는 양.

하지만 다들 얼굴이 새파랗게 변했다.

주주권을 가진 모든 사람이 다 주주권을 행사하는 것은 아

니다.

특히나 해외에 있는 경우 그 주주권을 행사하는 것은 쉽지 않다. 그래서 실제로 주주총회를 해도 100% 출석은 있을 수가 없다.

그건 오늘도 마찬가지다.

"오늘 출석 인원의 비중으로 따지면 제가 가진 의결권은 대략 6.7%입니다."

그리고 그 정도면 모든 결정은 그에게 달렸다.

신동우와 신동성은 경악한 얼굴로 신동하를 바라보았다.

신동하는 천천히 입을 열었다.

"저는 주주들의 대리인으로서, 다시마네현을 담보로 선택하고자 합니다."

더 이상 뒤집을 수 없는 상황, 그 이상의 지분을 가진 사람이 없는 상황에 신동성은 불의의 일격을 맞았다.

"이 개새끼야!"

자신도 모르게 소리를 지르는 신동성.

이긴 신동우도 결코 안색이 좋지 못했다.

'지분을 가진 또 다른 상속권자의 등장'이라는 너무나도 큰 변수 때문이었다.

"앞으로도 대동을 위해 열심히 일하겠습니다, 하하하."

신동하의 말에 마주 웃어 주는 사람은 단 한 명도 없었다.

그야말로 왕자의 귀환이었다.

혐오는 정치인들의 무기다

새론은 상당한 규모의 기업이다.

로펌이라는 형태를 취하고 있지만 특유의 전략, 그러니까 새론에 속한 변호사를 통해 마이스터에 투자를 부탁할 수 있다는 점 때문에 법률계뿐만 아니라 재계에서도 관심을 가지고 있다.

실제로도 새론은 다른 로펌과 다르게 변론 비용이 비싸지 않다.

대신에 그 부분을 마이스터의 투자를 통해 메꿔 준다.

그게 변론 비용보다 훨씬 많아서, 들어오려고 하는 사람들은 많아도 나가는 사람은 없었다.

하지만 이 세상은 돈이 있으면 파리가 꼬이는 법이다.

"미래의 아이들을 위해 좋은 일 좀 하시죠?"

김성식과 노형진은 자신들을 찾아온 여자를 보면서 기가 막혔다.

"좋은 일요?"

"네, 새론쯤 되면 이제 사회적 업무를 해야지요. 설마 사회적 책임을 방관하시려는 건 아니겠죠?"

아주 당연하다는 듯 말하는 그녀.

'이건 뭐, 거의 맡겨 둔 물건 내놓으라는 식인데?'

부탁도 아니고 아주 강압적으로 하라는 식으로 나오는 여자를 보면서 노형진은 혀를 끌끌 찼다.

'뭐, 하지만 틀린 말은 아니니까.'

그녀가 말하는 태도가 틀렸다고는 하지만 그렇다고 해서 그녀가 한 말도 틀린 것은 아니었다.

기업에는 사회적 책임이 있다.

그걸 누구보다 잘 아는 게 노형진이다.

"그 부분은 저도 공감합니다. 그래서 저희 새론에서는 최대한 사회적 책임을 다하려고 하고 있습니다만?"

김성식 역시 말을 하면서도 마지막에서 살짝 질문을 던졌다.

우리는 할 거 다 하고 있는데 뭘 더 바라느냐는 것이다.

실제로 새론처럼 사회적 책임을 다하는 기업도 드물다.

"간단해요. 우리를 위해 일 좀 해 주세요."

"일을 해 달라고요?"

"네. 사회적 조직인 우리 깨끗한여성회에서는 이 세상을 깨끗하게 하기 위해 사회적 운동을 하는데, 도움이 필요하네요."

'이건 또 뭔 개소리야?'

사회적 조직이니 당연히 사회적 운동을 한다.

강도 잡는 경찰만큼이나 당연한 소리를 자랑스럽게 말하는 그녀를 보면서 노형진은 왠지 진상에게 걸린 듯한 기분이 들었다.

그리고 그건 김성식 역시 마찬가지인 듯했다.

하지만 단체에서 나온 사람에게 막나갈 수는 없어서 두 사람은 최대한 웃을 수밖에 없었다.

"그래서, 뭘 도와드릴까요?"

"술집들을 박멸하고 싶은데 그것에 대해 좀 도와줘요. 특히 여자들이 일하는 술집들요."

"네?"

되물을 수밖에 없는 질문.

"유흥 주점이라는 게 아직도 버젓이 있지 않습니까? 세상에 그런 더러운 걸 어떻게 두겠어요? 세상을 깨끗하게 해야 하는데 그런 더러운 직업들이 존재하게 둘 수는 없잖아요?"

"그걸 왜 저희한테 말씀하시는지?"

"새론은 무슨 사건이든 다 해결해 준다고 들었는데요?"

"아니, 무슨 사건이든은 아니구요. 일단 노력은 해 봅니다만……."

물론 대부분의 사건은 노형진의 능력과 새론의 능력이면 해결된다.

하지만 새론이 아무리 대단하다고 할지라도 안 되는 건 안 되는 거다.

"유흥 주점은 법적으로 인정되는 형태의 술집입니다만."

유흥 주점.

여성 접객원을 고용하여 술이나 음식을 판매하며 춤이나 노래 등을 공연할 수 있는 곳을 뜻한다.

그리고 법적으로 여성만을 접객원으로 인정하기에, 소위 말하는 호스트바는 유흥 주점으로 인정되지 않는다.

그 대표적인 예가 룸살롱과 클럽이다.

"그거야 그렇지요. 하지만 여자를 끼고 술을 먹는다니, 그게 얼마나 몰상식하고 더러운 짓이에요. 거기에다가 거기서 성매매까지 이루어지잖아요?"

"일단 성매매는 불법입니다만, 저희가 경찰도 아닌데 성매매를 없애라고 하시면……."

'성매매가 박멸이 가능하면 그게 이상한 거 아냐?'

매춘은 인류 역사상 가장 오래된 직업이라고 불린다. 그만큼 박멸이 힘들다.

심지어 자위행위를 하면 손을 자르는 이슬람 극렬 국가들도, 내부를 들여다보면 어떠한 형태로든 성매매는 존재한다.

IS 같은 미친놈들도 결혼과 이혼을 반복하면서 강간을 일삼는다.

'그게 가능하면 내가 변호사를 하겠냐?'

그 정도면 인간의 본능에 영향을 끼쳐야 하니 신의 영역으로 들어갈 것이다.

"그건 저희가 도와드릴 수가 없을 것 같은데요."

"경찰도 제대로 안 하는 일이니 새론이라도 제대로 해야 하는 거 아니에요?"

"저희가 사회정의를 위해 많은 일을 합니다만, 그건 어디까지나 변호사로서입니다. 저희는 공권력을 가진 경찰이나 검찰이 아닙니다."

김성식은 단호하게 선을 그었다.

"아니, 뭐가 됐든 일을 맡았으면 무조건 해야 하는 게 변호사 아니냐고요!"

"일단 저희가 의뢰를 받으면 최선은 다합니다만. 그러면 의뢰를 하시겠습니까?"

변호사로서 의뢰를 받았다면 최선을 다해야 한다.

물론 애초부터 불가능한 일일 수도 있지만, 효율적인 단속 방법 같은 건 개발해 줄 수도 있을지도 모른다.

아니면 특정 지역에서 유흥 주점의 추가 허가를 막는다든 가…….

"그럴게요."

"그러면 의뢰비는 어떻게 하시겠습니까? 이런 문제는 워낙 힘들어서, 아무리 저희라고 하지만 싼 가격에는 못 해 드립니다만."

"이런 건 공짜로 해 줘야 하는 거 아니에요?"

노형진은 말문이 막혔다.

'이거 뭐, 미친 거 아냐?'

그러니까 아까부터 책임이 어쩌고저쩌고하더니 결과적으로 자신들을 위해 공짜로 일하라는 소리였다.

"그건 안 됩니다."

"뭐요?"

노형진은 그녀가 뭐라고 하든 확실하게 선을 긋기로 했다.

이런 건 받아 주다 보면 끝이 없다는 생각이 들었기 때문이다.

"저희는 기본적으로 로펌입니다. 수익을 내야 하는 곳이죠. 물론 상황에 따라서는 수익보다는 사회정의를 추구합니다만, 그건 어디까지나 명백한 피해자가 있을 때의 이야기죠."

"이건 범죄예요!"

"유흥 주점 자체는 범죄가 아닙니다. 다만 그 안에서 벌어지는 성매매는 범죄죠. 문제는, 유흥 주점의 존재로 인해서 발생한 명백한 피해자가 없다는 겁니다."

여자의 얼굴이 붉어졌다.

"지금 유흥 주점을 그냥 두자는 거예요!"

"아니요, 그런 식으로 판단하지 않으셨으면 좋겠습니다

만. 유흥 주점은 일단 국가에서 인정한 영업의 형태입니다. 물론 말씀하신 것처럼 유흥 주점 내부에서 성매매가 이루어진다면 그건 명백하게 불법이고 그에 대한 신고는 따로 이루어져서 단속이 이루어져야 하는 게 맞습니다만, 다짜고짜 유흥 주점 제도 자체를 없애 달라고 하면 저희는 해 드릴 수 있는 게 없습니다."

노형진은 긴 한숨을 내쉬었다.

우겨서 다 된다면 세상이 얼마나 개판이 되겠는가?

물론 유흥 주점이라는 형태가 건실한 형태의 술집이 아니긴 하지만, 현행법상 인정되는 형태의 술집인 것은 맞다.

"현실적인 문제라는 게 있지요. 현실적으로 유흥 주점에서 불법적으로 발생하는 성매매를 박멸하는 것은 새론 같은 로펌에서 할 일도 아니고, 감당할 수 있는 규모의 사건도 아닙니다. 물론 유흥 주점에 관련된 법률에 관해 위헌 소송을 할 수는 있습니다만, 한국의 유흥 주점의 개수와 그 관련자들을 생각하면 그 주점 관련 법률에 대한 헌법 소원은 어마어마한 돈이 들 수밖에 없습니다. 그 정도 소송이라면 아무리 저희라고 해도 못해도 10억 이상의 자금이 필요합니다. 물론 그 소송에서 패소할 가능성이 훨씬 높다는 부분은 감안하지 않는다고 치더라도요."

"아까 내가 의뢰한다고 했잖아요! 그리고 왜 피해자가 없어요! 그런 곳들이 존재하니까 여성들이 성적 자기 결정권을 침해당하고! 남자들이 여자들을 창녀 취급하고! 성이 상품화되는 거잖아요!"

노형진은 머리가 지끈거렸다.

이런 타입을 많이 봤기 때문이다.

'나만 옳고 나만 정의로우며 내가 곧 진리다.'

이런 사람들은 남이 뭐라고 하든 들어 처먹질 않는다.

"일단 성적 자기 결정권 부분은 여기서 언급될 게 아닙니다. 그 안에서 일하는 분들이 다 성매매 하는 것도 아니고요. 유흥 주점에 관한 법률에 따르면 여성 근무자가 있다는 것뿐이지, 그분들이 다 성매매 여성은 아닙니다. 그거 까딱 잘못하면 명예훼손에 심각하게 걸립니다. 그리고 남자들 중에서 여자들을 창녀 취급하는 건, 그놈이 미친놈입니다. 일반화의 오류에 빠지시면 안 됩니다. 여자들 중 일부는 남자를 벌레로 모욕하는데, 그렇다고 여자 전부가 다 남성 혐오 사상에 빠진 건 아니지 않습니까? 그리고 성 상품화는 제가 아니라 정부에 따지셔야 합니다. 성 상품화가 이루어지는 가장 큰 이유는 법의 문제가 아니라 자본의 문제입니다. 그러니까 상품화라는 이름이 붙는 겁니다. 자본이라는 게 존재하고 성적 어필로 그걸 확보하기 쉬우면 누구나 그런 영향을 받습니다. 저희는 변호사지 국회의원이 아닙니다. 성 상품화에 대한 법률적 금지 사항도 없는데 저희가 그걸 막을 수는 없습니다. 그리고 아까도 말했지만 이 건에는 피해자가 없습니다. 몇 번이나 말씀드리지만, 유흥 주점은 국가에서 인정한 형태의 합법적 영업 방식입니다. 물론 성매매 같은 게 존재해서 기분은 나쁘시겠지만 그건 따로 성매매 특별법이 있으니 그쪽으로 신고를 하시는 게 좋을 것 같습니다."

노형진은 최대한 길게 그리고 자세하게 설명을 하면서 설득을 하려고 했다.

하지만 역시나 여자는 들어 처먹지를 않았다.

"내가 기분 나쁘다고요! 내가! 그러면 내가 피해자 아니에요?"

"피해자가 되려면 상대방의 직접적 또는 간접적 위법행위로 인해 명시적인 피해를 입어야 합니다. 단순히 상대로 인해서 내가 기분 나쁘다고 해서 범죄가 성립되지는 않습니다."

얼굴이 붉으락푸르락해지는 여자.

"지금 안 하겠다는 거예요?"

"안 하겠다는 게 아닙니다. 일단 법률적인 조언을 드리는 겁니다. 물론 의뢰를 해 주신다면 당연히 하겠습니다만……."

"했잖아요!"

"의뢰라는 것은 기본적으로 자본주의사회에서 일정한 용역을 맡기면서 그에 상응하는 현금 또는 채권을 제공함으로써 상대방에게 업무를 진행하도록 하는 것입니다. 하지만 아까 의뢰비를 못 주신다고 했으니 의뢰가 아니라 협조 요청으로 분류되는데, 이러한 경우 저희가 상황에 따라 수임할지 판단하기 때문에 무조건 받아들일 필요가 없습니다. 더군다나 저희가 얻는 이익을 완전히 제하더라도 필요 경비가 최소 10억 이상 들 거라 생각되는 사건을 무리해서 받아들일 수는……."

그 순간 차가운 주스가 노형진의 얼굴에 뿌려졌다.

그리고 여자는 벌떡 일어나서 증오에 가득한 눈빛으로 노형진을 노려보았다.

"더러운 새끼! 그래. 평생 술집이나 다니면서 창녀 치마폭에서 놀아나라."

노형진은 어이가 없어서 그녀를 물끄러미 바라보았다.

하지만 그 여자는 그 시선에서 승리감을 느낀 건지 노형진을 더욱 몰아붙였다.

"흥, 남자라는 새끼들이 다 그렇지. 더러워서 내가 안 한다, 안 해! 이 더러운 새끼야!"

소리를 버럭 지른 여자가 바깥으로 나가자 노형진은 벙찐 표정으로 그녀가 나간 방향을 바라보았다.

그런 노형진을, 김성식이 불쌍하다는 듯 바라보았다.

"당했네."

"지금 뭐 하자는 겁니까? 그리고 당하다뇨?"

"사실은 저 아줌마 유명해."

"유명? 잠깐, 아는 분입니까?"

"개인적으로는 아니고, 나 검사 시절에 왔던 사람이지."

김성식은 질려 버렸다는 표정으로 말했다.

"깨끗한여성회라고, 좋게 말해서 깨끗한 사회를 만들기

위해 만들어진 조직이야."

"목적 자체는 나쁘지 않은데요."

노형진은 얼굴에 묻은 주스를 닦아 내면서 기가 차다는 듯 말했다.

"그래, 목적은 좋지. 하지만 목적만 좋아. 그게 문제야. 뭐, 때때로 주제가 바뀌는데, 공통적으로 현실에 대한 고민은 없거든. 이번 주제는 유흥 주점인가 보네. 하긴, 어찌 보면 유흥이라는 단어 자체가 좀 부적절하고 퇴폐적으로 느껴지기는 하지. 뭐, 실제로도 그런 건 어쩔 수 없지만서도."

현실적인 부분은 전혀 생각하지 않는다.

오로지 박멸만을 외칠 뿐이다.

"그 이후에 어떤 현상이 벌어질지는 관심이 없지. 그걸 이해하지 못해. 저 사람들은 한국 사람들의, 아니 한국 법률계가 주로 남자로 이루어져 있으니까 유흥 주점을 없애지 않으려고 한다고 생각할 뿐이야."

"으음…… 혹시 진보 계열입니까?"

"어떻게 알았나?"

"하아, 진보 쪽에 그런 사람들이 많지요."

노형진은 씁쓸한 미소를 지었다.

보수는 현실에 매몰되어서 서슴없이 부패하는 놈들이 많다.

하지만 진보에서는 이상에 매몰되어서 현실적, 사회적 현상은 못 본 척하는 사람들이 많다.

가령 군대라는 조직에서 일선 부대의 여성 지휘관을 늘리는 문제에 있어서 여성 단체는 무조건 늘려야 한다고, 남성 지휘관만 대부분인 것은 남녀 성 평등에 위배된다고 주장한다.

물론 이성적으로는 맞는 말이다.

공정한 남녀평등을 이루기 위해서는 그런 건 이루어져야 한다.

하지만 현실적으로 그건 불가능하다.

일단 여성 장교가 일선 지휘 부대로의 전출을 꺼린다.

대부분 내근직이나 보좌관직을 선호한다.

일선 부대로 나가려고 하는 여군은 여군 지원자 중에서 아주 소수다.

물론 군대라는 특성상 발령하면 갈 수도 있다.

군대의 기본은 상명하복이니, 자신의 의견과 상관없이 그 명령이 합법적이고 정상적이라면 그에 따라 움직여야 하니까.

문제는, 그때는 또 여성의 의견을 무시한다는 항의가 나온다는 것.

일단 발령해도 문제다.

한국은 징병제 국가이고 병사까지 여성으로 이루어진 조직은 없다. 당연히 일반 군대로 가야 하는데, 성 차별과 성 차이는 전혀 다르다.

장교가 여자라면 숙소도 따로 잡아 줘야 하고 여자만을 위한 보급품을 따로 보내 줘야 한다.

생리대 같은 것도 사실 다 보급품이 있으니까.

아니, 그건 둘째 치더라도, 당장 화장실부터 따로 만들어야 한다.

남자 화장실의 한 칸만 여성용으로 바꾼다고 해결될 수 있는 문제가 아니다.

가장 큰 문제는, 군대라는 조직은 한국의 남자들은 다 가는 곳이라는 거다.

일정 나이가 되면 이 새끼가 미친놈이든 발정 난 놈이든 그런 거 상관없이, 사지만 멀쩡하면 무조건 보낸다.

같은 남자끼리 있어도 성추행에 강간에 온갖 더러운 꼴이 벌어지는 곳이 군대인데 그곳에 여자 한 명만 있어 봐라.

진짜 어떤 미친놈이 뭔 짓을 할지 모른다.

더군다나 군대는 작전을 하게 되면 산속에 몇 날 며칠이고 짱박힌다.

그건 차별이 아니라 차이 때문에 벌어지는 일이다.

하지만 그런 사람들이 요구하는 것은 완벽한 평등이다.

"그런데 그들은 그런 건 신경 안 써. 내가 검사 시절에도 다짜고짜 들이닥쳐서 저런 헛소리 하다가 갔다네."

"당해 보셨습니까?"

"당했지. 그때는 강간범에 대한 무조건적 사형을 요구하더라고. 아니, 내가 무슨 판사도 아니고 그게 가능한가? 그러려면 국회의원한테 가야지. 하여간 그때도 구조적으로 안 된다고 하니까 내 아내하고 딸이 강간당하라고 악담을 하고 가더라고. 다행히 난 딸은 없어서 망정이지. 그래서 내가 은근슬쩍 뒤로 빠진 거고."

"너무하십니다."

"미안하이, 허허허. 그래도 그때는 뜨거운 녹차였어. 더 뜨거웠으면 화상 입을 뻔했었지. 감방에 넣으려다가 참았는데, 저 버릇은 아직도 못 고쳤네."

김성식은 어색하게 웃었다.

"저런 타입이 쉽게는 안 변하죠. 사실 취지 자체는 좋은 것 같습니다만, 현실을 알고 거기에 맞게 대응해 주면 좋겠는데요. 유흥업소에서 불법 성매매가 벌어지는 건 사실이니. 저렇게 화를 내는 것보다는 그런 여성들을 거기서 빼 주는 게 더 효과적일 것 같은데 저렇게 화만 내고 있으니, 이거야 원. 과연 언젠가는 저런 행동에서 벗어날 수 있을까요?"

"글쎄. 나한테 왔던 게 10년 전이라는 걸 생각해 보면…… 그럴 일은 없어 보이는군."

"10년 전요?"

"그래, 10년 전. 그나저나 화장품 좋은 거 쓰나 보네. 마치 어제 본 사람 오늘 본 것처럼 하나도 늙지 않았군."

노형진은 머리가 지끈거렸다.

"안 바뀌겠네요."

"뭐, 상관있나? 저런 말도 안 되는 이상주의자는 어디서도 힘 못 쓰네."

"그건 그렇죠."

노형진은 고개를 끄덕거렸다.

"잠깐 발끈하고 끝날 거야. 유흥 주점에 대한 저 원인 모를 분노도 잠깐일 테고. 내가 듣기로는 나한테 왔다 간 다음에는 만화가 애들을 망친다고 협박하고 다니다가, 그다음에는 게임이 나라를 망하게 한다고 거품 물고 다녔다던데? 이것도 시간 지나면 또 알아서 수그러들겠지."

김성식의 말에 노형진은 고개를 끄덕거렸다.

하지만 일은 점차 이상하게 꼬여 가기 시작했다.

⚖️

"뭐라고요?"

안당 마님이 자신을 불렀다는 말에 노형진은 다급하게 그녀를 찾아갔다.

요 근래 그녀가 자신을 부른 경우가 없었기 때문이다.

손예은 변호사를 후계자로 정한 후에 어지간한 일은 다 그녀를 통해 해결했으니까.

그런데 이번에는 그런 손예은 변호사조차도 답이 없다고 했단다.

"자네, 깨끗한여성회라는 곳 아나?"

"얼마 전에 저희 쪽에 왔습니다만?"

"그래서, 뭐라 하든가?"

"뭐…… 그쪽에 대해 아시는 걸 보니 대충 그쪽에서 하는 말도 아실 것 같은데요."

다른 사람도 아닌 안당 마님이 그들에 대해 모를 리가 없다.

"그리고 저를 부르신 걸 보니 그들에게 변동 사항이 생긴 거구요. 아마도 권력자 쪽에 라인이 생겼다거나."

"징글징글한 놈."

안당은 다 안다는 듯 말하는 노형진을 보면서 곰방대를 꼬나물었다.

"그래, 그래서 곤란해졌어."

김성식이 그들을 만난 게 10년 전. 즉, 그들은 그만큼 오래된 집단이다.

그런 조직을 성매매 여성들의 수장이나 마찬가지인 안당이 모를 리가 없다.

그런데도 신경 쓰지 않았다는 건, 그들에게 아무런 힘도 없고 가치도 없기 때문이다.

일단 지금까지는 말이다.

"도대체 무슨 일입니까? 제가 봐도 그냥 현실을 모르는 철없는 사회운동가들 같던데."

물론 그게 나쁜 건 아니다.

누군가는 현실보다 이상을 추구해야 한다. 그래야 세상이 바뀐다.

하지만 그 과정에서 타인에 대한 혐오가 들어가는 것은 안 된다.

바꿔야 하는 것은 잘못된 제도이지 사람이 아니니까.

그게 사회적 발전이다.

일방에 대한 혐오는 발전이 아니라 그저 퇴보일 뿐이다.

"내 아래의 가게 몇 곳에 가서 집기를 부수고 종업원들을 구타했네. 유흥업소라는 이유로 말이야."

"미쳤군요."

만일 안당 마님이라는 존재에 대해 제대로 알고 있었다면 그런 미친 짓은 못 했을 것이다.

하지만 그걸 모르니까 자기들 딴에는 사회운동을 한답시고 그런 모양이다.

"일이 커진 겁니까?"

"거기가 어디일 것 같나?"

"글쎄요."

"기생문화연구원일세."

"아이구야!"

다안기생문화연구원.

전통 기생 문화를 연구하기 위해 안당이 만든 곳으로, 가장 아끼고 공을 들이는 곳이다.

당연히 그곳에서는 성매매 같은 건 하지도 않는다.

도리어 한국의 문화를 제대로 느낄 수 있는 몇 안 되는 장소로, 세계 관광 지도에 올라갈 정도의 공간이다.

당장 전 세계에서 관광객에게 판소리와 춤과 가야금 등 전통문화를 상시 공연하는 곳은 다안기생문화연구원이 유일하다.

당연히 사람들이 생각하는 유흥이 아니라, 한국에 오면 한 번쯤 들러야 하는 전통문화 공연장쯤으로 인식된다.

실제로 상설 공연장에서 그런 공연을 하며, 관광객은 소정의 입장료를 내고 간단한 맥주를 즐기면서 공연을 볼 수 있다.

물론 그 안에서 방을 따로 잡고 술을 먹는다고 해서 다른 서비스가 있는 것은 아니다.

그저 개인 공연 위주로 좀 더 길게 자신이 원하는 공연을 볼 수 있을 뿐이다.

당장 판소리 〈춘향전〉의 완창 시간은 무려 8시간 30분이니 상설 공연장에서 쉽게 할 수 있는 공연이 아니니까.

업무 분류상 여성 직원이 동석한다는 문제 때문에 유흥 주점으로 분류될 뿐이지, 일반적으로 사람들이 생각하는 유흥과는 하등 관계가 없다.

"거기서 깽판 치고, 옆에 있는 한국게이샤문화원에 가서 머리끄덩이를 잡고 난리를 쳤다는군. 쪽발이 년들이 한국에 와서 몸을 판다고 말이야."

"미친 거 아닙니까?"

다안기생문화연구원만으로도 심각한데 한국게이샤문화원

에서까지 그런 짓거리를 했다면, 이건 외교 문제로 비화될 수도 있는 일이다.

아니, 그 전에 안당 마님이 그들을 살려 둘지나 의심스러운 상황이다.

"설마 그 사람들 다 죽이려고 하시는 건 아니죠?"

"예끼, 이 사람아! 내가 아무리 그래도 민간인한테 손댈까? 물론 신상은 다 캐 놨지만."

"하하하."

노형진은 어색하게 웃었다.

이미 신상을 캐냈다면, 진짜 맘만 먹으면 실종 처리할 수도 있다는 소리니까.

안당의 성격을 생각하면 민간인이라고 많이 참은 거다.

"그런데 그런 거 손해배상 청구 같은 거 하려면 저보다는 손예은 변호사한테 시키는 게 맞지 않습니까? 손 변호사라면 영혼까지 탈탈 털어 줄 텐데요."

"나도 그럴까 했는데, 그게 곤란해져서 말이야. 뒤를 캐보니까 그치들이 정치인들하고 손을 잡았어. 그래서 그렇게 안하무인으로 날뛰고 있는 모양이야."

"정치인들하고요? 하지만 보통 정치인들은 그런 사람들하고 손잡지 않을 텐데요?"

자유신민당? 보수의 거두인 그들이 목적 자체가 진보인 그들과 손잡을 리가 없다.

민주수호당? 물론 그쪽은 좀 더 가능성이 있지만, 최소한 현직 검사를 협박할 정도로 정신 나간 집단과 친밀하게 지낼 것 같지는 않았다.

"국민정화당."

"국민정화당요? 끄응…….."

국민정화당.

올바르지 않은 걸 모두 정화하자는 의미에서 만들어진 집단이다.

물론 그 꿈은 좋다.

얼마나 좋은가, 나쁜 것을 정화한다니?

'문제는 그 '나쁜 것'이 자기 마음대로라는 거지.'

정화하는 건 좋은데 뭘 정화할지는 자기들 마음대로 정한다.

이건 좋은 거, 저건 나쁜 거.

말로는 정화한다고 하지만, 그들도 정치인들인지라 전형적인 내로남불을 일삼는다.

남이 하면 성추행이지만 내가 하면 딸 같아서 하는 거라는 거다.

실제로 얼마 전에도 당 내부에서 성추행 사건이 터졌을 때, 거기서는 성추행을 일으킨 당원을 징계한 게 아니라 피해자를 추방해 버렸다.

대부분의 국민들은 모르지만 말이다.

그리고 그들은…….

"이상주의에 함몰된 자들이죠. 결국 끼리끼리 만났네요."

노형진은 혀를 끌끌 찼다.

국민정화당이 나쁜 건 아닌데 문제는 그 정치인들의 전형적인 내로남불, 그러니까 내가 하면 로맨스 남이 하면 불륜이라는 태도가 여전하다는 것과 이상에 빠져서 현실을 제대로 보지 않는다는 거다.

'그러고 보니 전에 그 당 대통령 후보자가 내건 공약이 가관이었지.'

군대 장교 절반의 여성 배치. 그리고 국회의원 절반의 여성 할당제까지.

군대 문제야 현실적인 문제 때문에 그렇다고 쳐도, 국회의원 절반을 여성에게 할당한다는 건 대한민국의 정당이 대놓고 대한민국의 헌법을 위반하겠다는 소리나 마찬가지였다.

그래서 보통 그들은 군소 정당으로 남아 있을 뿐이었다.

"그쪽은 제가 나설 게 아닌 것 같은데요."

막말로 안당 마님이 직접 나서면 자유신민당 3선 의원도 한 방에 날려 버릴 수 있다.

어둠의 세계의 정보는 죄다 이쪽으로 쏠리니까.

하물며 가장 강력한 정당의 의원도 그런데 대한민국의 제4당, 사실상 꼴찌 당이며 거기에다 아무런 힘도 없는 당이야 뭐 하나만 터트리면 날리는 건 일도 아니다.

"그런데 그게 문제야. 워낙 작은 놈들이니까 뭐라고 하면 정치 탄압이니 뭐니 하는 소리가 나와서."

"자기들이 제대로 하면 될 걸 정치 탄압은 무슨."

노형진은 코웃음이 나왔지만 그렇다고 해서 일을 무시할
수는 없었다.

"그런데 그들이 왜 손잡은 겁니까?"

"그건 나보다는 예은이가 더 잘 설명해 줄 걸세. 들어오거라."

"그러면 애초에 손 변호사를 부르든가요?"

"아직 예은이는 전면에 나설 때가 아니야. 두들겨 맞더라
도 일단 내가 맞아야지."

"끄응……."

정치적 싸움을 하게 되면 분명 사람들은 보복을 시작할 것
이다.

아무리 손예은이 여기서 자리를 잡고 있다고 해도 안당 마
님만큼의 힘은 없다.

그리고 남을 지키는 것과 나를 지키는 것은 그 파워에서
차이가 날 수밖에 없다.

"이 모든 건 내가 위임한 거네."

"무슨 뜻인지 알겠습니다."

노형진은 고개를 끄덕거렸다.

그러는 사이 손예은 변호사가 들어와서 노형진에게 인사
를 건넸다.

"그나저나 깨끗한여성회와 국민정화당이 무슨 관계가 있

는지 모르겠네요."

"사실은 얼마 전 성추행 사건과 관련해서 벌어진 일 때문입니다."

"그거야 다 아는 사실이잖습니까?"

"그건 그렇지요. 하지만 그 배후를 정확하게는 모르실 겁니다. 아직 외부에 알려지지 않았으니까요."

"네?"

"사실은 피해자가 한 명이 아닙니다."

피해자가 한 명이 아니다.

얼마 전에 한 명이 그만뒀다는 건 알고 있던 노형진은 눈을 찌푸렸다.

"말이 이렇게 나올 정도면 이만저만 큰 건이 아닌 것 같은데?"

"지금 피해자가 스무 명 정도 된다고 합니다. 그중 몇 명은 성추행만이 아니라 강간까지 당한 정황도 보입니다."

"미친놈!"

노형진은 저절로 욕이 나왔다.

외부적으로 진보의 이미지는 여성의 인권을 중시하는 편이다.

하물며 국민정화당은 어느 단체보다 여성 인권에 신경 쓰는 걸로 유명한 집단이다.

그런 곳에서 강간까지 터졌는데 그걸 덮으려고 한다니?

"이해가 안 가는군요. 제가 알기로는 그 남자가 당의 핵심 멤버 소리는 듣고 있지만 이런 일을 덮을 정도는 아닌데요?"

정식 국회의원은 아니다.

하지만 그는 국민정화당의 분과위원장이다.

"아무리 위원장이라고 하지만 그 정도의 사건까지 덮는다는 게 이해가 안 가는군요."

손예은은 차분하게 말했다.

"그 가해자가 안영희 의원의 남편입니다."

"누구요?"

"안영희 의원 남편입니다."

"으윽……."

안영희 의원.

현재 국민정화당의 단 네 명뿐인 국회의원 중 한 명이며, 또한 국민정화당 대표다.

노형진은 그 말을 듣고 나서야 대충 그림이 그려졌다.

"사건을 덮어야 했겠군요."

그대로 두면 당 내부에서 안영희 의원 입지는 극도로 작아진다. 그리고 그건 당 내부 파벌에 심각한 문제를 일으킨다.

"현재 국민정화당은 내분으로 2파전이 벌어지고 있습니다."

어떤 정당이든 내부에는 파벌이 있을 수밖에 없다.

그건 상황마다 바뀔 수는 있을지언정, 진심으로 하나 된 정당 따위는 존재하지 않는다.

"뭐, 그쪽이야 뻔하죠."

노동계 아니면 여성계. 진보를 대표하는 두 집단.

"그리고 현재 권력을 잡고 있는 것은 여성계입니다."

거기까지는 나쁘지 않다.

문제는 얼마 후에 대표를 새로 뽑는 선거가 있다는 것이다.

여성계 대표는 당연히 안영희다.

그녀는 큰 실책 없이 당을 잘 이끌어 왔기 때문에 사실상 연임이 확정된 상황이다.

지금까지는 말이다.

국민정화당이 작은 정당이기는 하지만 그건 그들의 특수성에 기여한 거지, 그녀의 잘못이 아니다.

그러니 무난하게 넘어가게 생겼는데…….

"그런데 성추행 사건이 터졌군요."

안영희의 남편의 성추행 및 강간 사건, 이게 외부에서 크게 터지면 당 내부에서 그녀가 당선될 가능성이 약해짐과 동시에 노동계 쪽에서 당수가 배출될 가능성이 높아진다.

"더럽네, 진짜."

노형진은 눈을 찌푸렸다.

외부에 적을 만들어서 사건을 덮어야 하는데 연예인 사건을 터트리기에는 국민정화당은 힘도 약하다.

그렇다고 자유신민당이나 민주수호당을 공격하자니, 애초에 그쪽과 싸우는 처지라서 그다지 큰 반향도 없고 말이다.

그리고 이런 말 하면 그렇지만, 자유신민당이나 민주수호당은 그쪽을 거들떠보지도 않는다.

당장 국회의원 네 명이 당선된 지난 선거가 그들의 최고 성적이니까, 위협으로도 안 보는 것이다.

"박수라는 것도 결국 쿵짝이 맞아야 소리가 나는 법이지."

곰방대를 물면서 안당 마님은 시큰둥하게 말했다.

이쪽에서 물어뜯으려고 해도 저쪽에서 대꾸도 안 하면 아무 힘도 없다.

"그리고 저쪽도 바보가 아닙니다."

약아빠진 정치인들이 국민정화당의 얄팍한 수를 모를 리는 없고, 도리어 양쪽 당에서 너희들 성추행 사건을 덮으려고 하는 거 아니냐고 발언하면 덮으려고 하는 사건이 전국으로 퍼져 나갈 수도 있다.

"그러니까 저항 못 하고 만만하고 그리고 이슈를 만들 수 있는 존재를 찾는데, 그게 유흥 주점들이다?"

"네, 그들의 입맛에는 딱 맞는 대상이죠."

아무래도 영업의 특성상 켕기는 게 많고 불법적인 부분도 많다.

남자들이 잘 다니기는 하지만 굳이 보호하겠다고 발 벗고 나설 정도로 소중한 곳도 아니다.

그리고 유흥이라는 특성상 여성들이 적대감을 가지기에, 자신들의 가장 큰 지지 세력인 여성계를 뭉치게 하기도 쉽다.

"그건 도대체 어떻게 안 겁니까?"

노형진은 어이가 없어서 안당을 바라보았다.

이런 일은 극도의 보안 속에서 이루어지는 경우가 많기 때문이다.

그런 노형진의 시선에, 안당은 피우고 있던 곰방대를 '탕!' 소리가 나게 재떨이에 떨었다.

"뭐, 정당인이라고 좆 안 달렸냐?"

"끄응······."

대충 알 것 같았다.

'그래, 국민정화당이고 나발이고, 성추행까지 하는 판국에 룸살롱 안 다니는 놈이 얼마나 되겠어.'

노형진은 혀를 끌끌 찼다.

뻔하다. 그리고 알게 모르게 안당 마님이 포섭해 둔 사람도 있을 것이다.

"그래도 그렇지, 어떻게 그곳을 표적으로 삼죠? 이해가 안 가는군요. 아무리 군소 정당이라고 하지만 안당 마님에 대해 그렇게 모릅니까?"

안당은 피식하고 웃었다.

"지랄, 정치하는 놈들이 자기 빼고는 다 적이지 아군이 어디 있어? 그리고 너무 작아서 나에 대해서는 잘 몰라. 사실 그치들, 다른 곳보다는 좀 깨끗하기는 하거든. 더러워야 더러운 데를 알지. 다른 곳보다 좀 깨끗하다 보니 나랑 접점이 별로 없네. 물론 오십보백보이기는 한데. 뭐, 정확하게는 그다지 가치가 없어서 내가 접촉하지 않는다는 말이 맞겠지."

"끄응…… 그러니까 너무 작아서 도리어 안당 마님을 모른다는 거죠. 이거 참, 그쪽은 본의 아니게 잠자는 사자 코털을 건드렸네요. 그래도 나름 약자를 위해 움직인다는 자들이 그러면 안 되는 거 아닙니까? 좋아서 유흥 주점 다니는 사람이 얼마나 된다고요?"

"어쩔 수 없지. 유흥 주점이라는 게 직업이 아닌 손님의 눈으로 보면 고가의, 부자들이 다니는 곳이니까."

"그래도 그렇지요."

부자들이 다니는 곳 중에서 그렇지 않은 곳이 어디 있단 말인가?

부자들 접대를 부자들이 할 가능성은 전혀 없다.

"어쩔 수 없지. 자리가 바뀌면 눈에 보이는 것도 바뀌는 법이야."

"아~!"

"그게 뭔 명언이라고 '아~!'야?"

"아니요. 그게 아니라, 누가 했던 말이라서요."

물론 그건 드라마에서 나왔던 말이다.

하지만 현실을 아주 잘 반영하는 말이기도 했다.

실제로 과거에 노동운동 하던 사람도 국회에 들어가자마자 제일 열과 성을 다하던 것이 노동운동 탄압이었다.

"그래도 나름 여성계 운동하는 분들 아니었나요? 거기에서 일하는 여성분들도 적지 않은데 다짜고짜 이런 식으로 없애라고 한다는 게 전 이해가 안 가네요. 물론 유흥 주점이라는 게 이미지가 안 좋은 건 사실이지만."

손예은 변호사는 차분한 목소리로 노형진에게 대답을 해 줬다.

"평균적으로 정치를 하는 여성 정치인에게 있어서, 여성의 한계는 자신에게 우호적이며 정치적 지지 기반으로 사용할 수 있고 자신과 수준이 맞는 대상뿐입니다. 그렇지 않은 하층민 여성의 경우는 대부분 적대나 혐오의 대상일 뿐입니다. 그리고 그런 유흥 주점에서 일하는 여성은 대부분 정치와는 관련이 없거나 관심이 없는 생활을 이어 가는 하층민 출신들이 많죠."

"손 변호사님은 여전히 그 팩트 폭력 하는 버릇을 못 고치셨네요."

"거기에다 일부 페미니스트들에게 있어서 성을 상품화하는 그들은 여성운동의 가장 큰 적이죠. 여성계의 힘을 결집해야 하는 상황에서 유흥 주점을 타깃으로 잡는 건 사실 아주 효율적인 전략입니다."

"아니, 그러니까 우리 쪽에 대한 팩트 폭력도 자제를 좀 해 주시죠. 칭찬하는 거 아닙니다."

"다 좋은데 예은이는 너처럼 재미가 없어요."

안당 마님은 끌끌거리면서 다시 입에 곰방대를 물었다.

"하여간 그놈들이 이쪽을 물고 늘어질 게 뻔해서 말이지. 네가 좀 막아 봐."

"제가 뭔 수로 말입니까? 무조건 저한테 해결하라고 하시면……."

"떼끼, 이놈아! 네가 해결 못하면 누가 해! 다른 변호사들이? 잘도 하겠다!"

"끄응……."

노형진은 인정할 수밖에 없었다.

그가 못하면 남도 못한다.

"알겠습니다. 해결 방법 좀 찾아보겠습니다."

노형진은 입맛을 다시며 말했다.

"그리고 너도 알아야겠지만……."

안당은 말을 하다가 잠깐 멈췄다.

그리고 담배를 꼬나물었다.

"너, 주변에서 안 좋게 보는 건 아느냐?"

"누구 말씀이신지요? 절 안 좋게 보는 분들이 하도 많아서 저는 전혀 모르겠는데요?"

"뻔뻔한 놈. 네놈이 그러니까 미움받지."

그녀는 길게 담배 연기를 허공으로 뿌렸다.

"자유신민당에서 너한테 불만이 많더구나. 사실 민주수호당 쪽도 마찬가지고. 조만간 너에게 어떤 식으로든 손쓰자는 이야기가 나올 게야. 그게 뭔지는 아직 모르겠지만."

노형진은 피식 웃었다.

예상했던 일이다.

아니, 그렇게 되지 않는다면 그게 더 이상한 일이다.

"당연한 일이지 싶은데요?"

노형진은 누구 골라 가면서 까는 사람이 아니다.

정치적 성향과 상관없이 잘못되었다면 무조건 깠다.

오죽하면 누군가는 그를 '모두까기인형'이라고 부르기도 했다.

대상을 가리지 않고 까 댄다고 말이다.

"그런데도 넌 줄도 안 잡을 생각이냐?"

"제가 줄 그 자체입니다. 그런데 누굴 잡아요?"

"하긴."

막말로 노형진이 신분을 공개하고 직접 정당을 만들고 활동을 시작하면 정치계에서 최고로 등극하는 것은 일도 아니다.

"그리고 애초에 대한민국은 민주주의국가입니다. 정권에 따라 정치적 성향에 따라서 잘잘못을 판단하면 그건 민주주의국가가 아니죠."

그 대상이 누구든, 잘못된 건 잘못된 거다.

욕을 먹더라도 노형진은 그걸 까는 걸 멈출 생각이 전혀 없었다.

"하지만 위험한 상황입니다."

심지어 손예은조차 심각한 표정이 되는 걸 보고 노형진은 살짝 놀랐다.

평소에 감정 표현이 거의 없는 그녀가 이렇게 나올 정도면 노형진의 생각보다 위험이 크다는 의미니까.

"걱정하지 마십시오. 그건 제가 알아서 하겠습니다. 지금 중요한 건 이번 문제를 어떻게 해결하느냐 하는 거지요. 그리고 그 전에, 다른 문제가 있습니다."

노형진은 손을 내밀었고 안당 마님은 '끙.' 하는 신음을 냈다.

"하여간 거저는 일 안 해요."

"저 고급 인력입니다, 어르신. 하하하."

<br>

"상황 참 웃기게 되는군."

김성식은 묘한 표정이 되었다.

얼마 전에 깨끗한여성회에서 온 사람의 제안을 거절했는데, 이제 그들의 반대편에서 싸우게 되었으니.

"그런데 이거, 어떻게 싸울지 답이 안 보이네요?"

노형진은 애매한 표정이 되었다.

그럴 수밖에 없는 게, 유흥업이라는 것 자체가 국가에서 인정은 했을지언정 이미지가 좋은 사업은 아니다.

더군다나 어찌 되었건 그 안에 불법적인 부분이 일부 포함되어 있는 것도 사실이다.

이쪽에서 마냥 이게 합법이라고 보호하는 것에도 한계가 있다.

사실 그것도 그거지만, 가장 큰 문제는 다른 점이었다.

"아니, 애초에 저쪽에서 어떤 방식으로 싸움을 걸지도 모르겠구요."

가장 흔한 방법은 단속을 거는 것이다.

그러나 사실 그건 가장 흔하게 사용되긴 하지만 그래서 현실적으로 가장 쓸모없는 방법이기도 하다.

"단속 같은 건 경찰이 알아서 정보를 넘겨주니까."

한국의 경찰은 상당히 부패했고, 그러한 포주들에게 상당한 액수를 받으면서 정보를 흘리는 경우도 많다.

오죽하면 한국의 성매매 1번지라 불리는 강남에서 1년간 경찰 하면서 새 차 못 사면 병신이라는 소리가 있을 정도로 뇌물이 일상화되어 있는 게 현실이니까.

거기에다가 그들의 목적은 성매매의 박멸이 아니라 유흥업 자체의 말살이다.

성매매 신고는 불법에 대한 신고이기 때문에 가능하지만, 그걸 한다고 해서 유흥업 자체가 큰 타격을 입지는 않을 것이다.

공식적으로 유흥업소라고 등록된 곳 중 진짜로 성매매를 하는 곳은 채 10%도 안 된다.

결국 목표 자체가 유흥업이라는 특정 가게라면, 다른 방식을 쓸 수밖에 없다.

"거기에다 정당에서 압력을 행사한다고 해서 경찰이 다 때려치우고 유흥업소들을 때려잡을 것 같지는 않네요."

"그럴 리가 없지. 다른 일도 얼마나 많은데. 그건 자유신민당이나 민주수호당에서 해도 마찬가지일걸."

하물며 고작 국회의원 네 명뿐인 국민정화당에서 따진다고 해서 그걸 집행할 리는 없다.

"더군다나 자네가 안당 마님에게 들은 말대로라면, 의미가 없지. 애초에 그들의 목적은 당 내부에서 커져 가는 불만을 외부로 돌리기 위한 거잖나? 경찰서에 항의 방문해 봐야 결국 그때만 시끄러울 테고, 그 효과가 기껏해야 이틀이나 가겠나?"

"그러니까요."

노형진은 뺨을 긁적거렸다.

이쪽이 불법이기는 하지만 그렇기에 저쪽에서 취할 수 있는 포지션은 한정되어 있을 수밖에 없다.

"결국 당의 힘으로 당 내부의 시선을 외부로 돌려야 한다는 조건이 붙는 건데, 난 무슨 방법이 있을지 전혀 모르겠군."

"일단은 기다려 봐야겠습니다. 그들이 무슨 모션을 취하는지 알아야 저도 대응책을 꾸릴 수 있겠네요."

노형진은 그렇게 말했다.

하지만 그들이 행동에 나섰을 때, 노형진은 뼈저리게 후회할 수밖에 없었다.

"이런 미친 새끼들."

국민정화당, 그들이 움직임을 시작했을 때, 아니 정확하게는 국민정화당과 깨끗한여성회가 같이 움직였을 때 노형진은 그들의 미친 짓에 경악을 금치 못했다.

"현상금을 건다고?"

현상금을 건다. 말도 안 되는 개소리다.

하지만 그 개소리가 말이 되었다.

"이 새끼들이 지금…… 진보라는 놈들이 인권을 개떡으로 아는 거야, 뭐야? 돈 없으면 인권도 없다 이거야?"

김성식조차도 경악을 금치 못한 방법.

그건 다름 아닌 유흥업소에서 일하는 여성의 사진에 현상금을 거는 것이었다.

한 명당 50만 원, 총상금 10억.

정당 입장에서는 아주 큰 돈은 아니다.

하지만 단순 수치로 계산하면 2천 명의 여성의 얼굴을 인터넷에 공개하겠다는 것이다.

"아니, 어떤 미친놈이 이런 생각을 한 거야?"

경악을 금치 못하는 김성식과 다르게 노형진은 씁쓸한 표정이 되었다.

'결국 정치하는 새끼들은 다 똑같네.'

회귀 전에도 특정 정당의 국회의원이 자기 마음에 안 드는 집단의 명단을 마음대로 공개한 적이 있었다.

그 집단에 대해 사회적 평가는 엇갈리는 상황이었기 때문에 명단의 공개를 꺼렸지만, 그는 그 집단에게 망해 버리라면서 자신이 얻은 명단을 인터넷에 공개했다.

심지어 법원에서 금지명령을 받고도 무슨 구국의 행동인 것처럼 끝까지 버텼다.

물론 돈 내라고 하니까 바로 꼬리를 말았지만.

'결국 같은 새끼들이네.'

아니, 이쪽이 더 심각하다.

그쪽은 그냥 욕먹을 정도의 문제이고 생계에 문제는 전혀 없지만, 이쪽은 인권의 문제이며 사회적 살인을 하겠다는 것이나 마찬가지다.

"문제는 이 50만 원이라는 돈이지."

분명 미친놈들은 저거 벌겠다고 돌아다니면서 사진을 찍어서 팔아먹을 것이다.

거기에다 시대가 바뀌어서 스마트폰에도 카메라가 있고 몰래카메라도 존재한다.

막으려고 한다 해도 방법이 전혀 없다.

"아니, 도대체 무슨 생각인 거야? 인권 생각은 안 해?"

"하지만 좋은 방법이기는 하네요."

"뭐? 노 변호사, 미쳤나!"

"미친 게 아니라, 이 상황에서 말입니다, 이러면 누가 유흥업소에서 일하려고 하겠습니까?"

"끄응, 그렇지."

손님과 종업원의 믿음을 확실하게 깨 버리는 방식.

스타일을 보자면…….

'내 스타일이군.'

노형진이라면 충분히 써먹을 방법이었다.

'그러고 보니 깨끗한여성회에서 날 찾아왔었지?'

그쪽에서 작심하고 노형진의 방법을 연구했다면 이런 방법을 찾았을 수도 있다.

'하지만 이건 너무하잖아.'

노형진이 이런 방법을 못 써서 안 쓰는 게 아니다.

쓰면 안 되기 때문에 안 쓰는 거다.

자신들에게는 승리감이고 외부의 시선을 돌리는 행동일 수도 있지만, 사진이 공개된 사람들은 진짜 극한으로 몰릴 수밖에 없다.

"더 큰 문제가 뭔지 아십니까?"

"뭔데?"

"이 상황에서도 유흥업소가 쉬지는 않을 거라는 거죠."

물론 불안하겠지만, 그들도 생계가 있는 이상 어쩔 수 없이 나가게 될 것이다.

진짜 돈 있는 사람이야 쉽겠지만.

결국 멈출 수 없는, 진짜 다급한 사람만 남게 된다는 뜻이다.

　　진짜로 가족의 병원비 때문에 내몰리거나 생계 때문에 내몰리거나…….

　　"전형적인 약자만 걸리는 함정입니다."

　　성매매 하는 곳이라고 해도, 포주도 빠져나가고 돈이 있는 사람도 빠져나간다.

　　하지만 당장 생계가 달려 있거나 막대한 빚 때문에 어쩔 수 없이 유흥업에 종사하는 철저한 약자들은 빠져나갈 방법이 없다. 도리어 성매매 해서 돈을 많이 모아 둔 여자들은 쉽게 빠져나갈 것이다.

　　모아 둔 돈이 있을 테니까.

　　"하지만 최악은 사회적 낙인이죠."

　　유흥업소에서 일한다고 해서 다 성매매를 하는 것은 아니다.

　　하지만 이런 식으로 사진을 무차별적으로 찍어서 공개하는 형태를 취하게 되면, 거기서 성매매를 하지 않았어도, 심지어 설거지만 하는 사람이라 해도 성매매 여성으로 사회적 낙인이 찍혀 버린다.

　　"이 현실도 모르는 녀석들이."

　　노형진은 이를 악물었다.

　　내부의 추문을 감추기 위해 약자를 희생양으로 삼는 것.

　　그것도 다른 곳도 아닌 진보 정당이라는 곳이 말이다.

　　"문제는 이걸 어떻게 할지로군."

물론 인터넷에 공개되는 순간 명예훼손으로 인한 손해배
상을 청구할 수 있을 것이다.

하지만 그런다고 해도, 어찌 되었건 정당인 국민정화당에
막대한 배상금을 물릴 사람은 없을 것이다.

그에 반해 이미 개인의 인생은 박살이 난 상황일 테고.

"이렇게까지 할 줄은 몰랐네. 그래도 깨끗할 줄 알았는데."

"깨끗? 인간의 탐욕이 끼어든 정치에 깨끗이라는 게 있겠
습니까?"

노형진은 비웃음을 날렸다.

"그나저나 이 미친 짓을 어떻게 할지……."

법이라는 것은 사후 약방문 같은 거다.

범죄가 저질러지기 전에는 그에 대응하는 데 한계가 있다.

이 경우는, 명예훼손은 미수범 조항이 없다.

즉, 이들이 사진을 공개하기 전에는 처벌을 하거나 법적으
로 막을 수 있는 수단이 없다는 소리다.

"법이 아닌 다른 걸 찾아야 할지도 모르겠네요."

노형진은 입술을 깨물었다.

하지만 이 사건이 역대급으로 더러운 사건이 될 거라는
걸, 이때의 그는 아직 몰랐다.

다음 권으로 이어집니다

# 회귀자를 건드리면 벌어지는 일

이해날 퓨전판타지 장편소설

복수력 MAX! 통수력 MAX!
판타지에서도 이해날의 대유잼은 계속된다!
『회귀자를 건드리면 벌어지는 일』

인류의 존망을 걸고 이계와 싸우다
배신당하고 과거로 돌아간 유성현
유폐된 신 지르힐과 계약하고
자신이 예언 속 인물임을 알게 되는데……

"그와 계약한 존재는 전지전능해진다고 하지.
그 힘을 취하기 위한 전쟁이 일어난다면,
넌 어떻게 할 생각인가?"

힘을 탐내는 존재들을 죽이고 이용해
인간을 초월하지만
그가 바라는 것은 오직 인류의 승리뿐!

무량대수의 미래, 그중 단 하나의 가능성을 찾아라!
두 개의 세상이 격변하는 통쾌한 반전이 시작된다!